KB260940

그날의 아름다운 만남

그날의 아름다운 만남

그날의 아름다운 만남

50년간 통일시를 통해 본 겨레의 삶

이기형 엮음

살림터

통일 비원 55년 피세월이 저며간 끝에 6·15남북정상공동
선언으로 통일의 물꼬는 트였다. 겨레의 앞길에 서광이 비치
고 현대사는 바른 길로 들어섰다.

시가 사라진 현 시점에서 지난 50년간의 통일 명시를 읽어
주었으면 하는 간절한 소망에서 이 책을 엮었다. 이 시들이
2000년대를 밝혀주리라 확신한다.

시인 여든다섯 분의 통일시 백여 편을 엄선해 10년 단위
연대별로 나누어 시대적 역사적 배경을 곁들여 통일지향적
입장에서 일반독자가 시를 가까이할 수 있도록 감상 해설해
시인과 독자 사이에 가교를 놓는 데 주력했다.

한 10년 전부터 통일시를 모으기 시작했다. 허나 내 자신의
무능과 환경 열악으로 늦어질 수밖에 없었다. 소장하고 있는
여러 시집과 기타 작품집을 뒤적이며 통일시를 찾느라 애를
썼지만 시야가 좁은 탓으로 좋은 시가 빠졌을지도 몰라 마
음이 놓이질 않는다. 수록 중 몇 편의 신작을 빼고는 모두
본인의 시집에서 뽑았다. 사전 동의 없이 인용했다.

깊은 양해를 바란다.

■ 차례

●겨레의 운명을 망쳐놓은 삼팔선●

인정이란 혈육이든 남남이든 헤어지면 그립고 만나면 반가운 것이다. 더구나 오랜 전통의 가족제도 속에서 자라난 우리들의 부모자식간이나 부부간, 형제자매간, 기타 혈육들간의 정은 그 어느 나라 국민보다도 유달리 도탑고 끈끈하다.

고향도 마찬가지다. 떠나 보면 그립고 돌아가 보면 반가운 게 고향이다.

이렇듯 따뜻한 인륜지상정(人倫之常情)을 여지없이 끊어놓고 짓밟아버린 게 바로 삼팔선, 즉 남북 분단선이다. 그것도 1~2년도 아니요, 10~20년도 아닌 무려 56년 동안이나 말이다. 38선의 죄악은 이처럼 인륜지정을 차단한 데만 있는 게 아니다. 국토를 갈라놓고 겨레의 운명을 쪼개놓고 망쳐놨다는 점에서 더 큰 역사적 민족적 죄악이 있다.

남북 분단 56년.

혈육이 갈라져 반백년.

고향을 못 본 지 반세기.

그 동안 이산가족이 내뿜은 한숨과 흘린 피눈물을 합쳐 쌓았다면 하늘에 닿고도 남으리라.

1945년 8·15 해방 직후만 해도 남북 분단이 이렇게 오래 가리라고는 그 누구도 짐작하지 못했다. 내달이면 임시정부가 서겠지, 뭐 또 해를 넘길라구, 하며 안이한 생각으로 임시정부 수립만을 애타게 기다렸던 것이다. 그때 스물아홉 살이던 필자는 일제 36년이 무척이나 긴 세월로 느껴졌다. 그런데 그 36년보다도 20년이나 더 긴 분단 56년을 맞고 보니 그저 숨통이 콱 막히고 가슴이 찢어질 뿐이다. 그때의 동안 흑발이 노안 백발이 되었으니 어찌 세상무정, 인생무상을 느끼지 않을 수 있겠는가.

이러한 남북분단과 이산의 비극사를 소설로 쓴다면 수백 권, 시로 쓴다면 수천 편으로도 모자랄 것이다.

● 통일지향적 시(통일시)에 대하여 ●

   일반시의 경우 정감의 농담(濃淡)에 따라 서정시·서사시로, 장단에 따라 단시·장시로, 계급성에 따라 부르주아시·프롤레타리아시·경향시로, 정치적 색채에 따라 순수시·참여시 등으로 나눌 수 있다. 80년대 우리 시단을 틀어잡은 민중시는 민족적 측면보다 계급성에 치우친 한 갈래다. 이러한 분류적 시각에서 볼 때 통일을 주제로 한 시, 통일을 지향하는 시는 의당 통일시라고 명명해야 하지 않을까 생각한다.

   이렇게 시를 갈래로 나누고 따지는 것이 따분하고 구속받는 느낌이 든다면 구태여 신경을 쓰지 않아도 좋다. 겨레와 역사 앞에 엄숙하고 경건한 태도로 그냥 시를 쓰면 된다. 판단은 평자나 독자에게 맡기면 그만이다.

   여기서 협의의 통일시와 광의의 통일시에 대해 잠깐 언급해 볼까 한다. 좁은 의미의 통일시는 직접 통일의 필요성을 형상화하든가 38선 철폐를 주장하는 것과 같은 시를 말하고, 넓은 의미의 통일시란 반외세와 반독재, 민주화문제, 인권문제 등 통일의 방해물에 대한 고발이나 배척을 다루든가, 아

니면 38선의 비애, 이산의 슬픔, 이북 고향에 대한 그리움이
나 혈육에 대한 애타는 정감 등을 노래한 시를 말한다.

● 10년 단위 연대별 시적 대응 ●

여하튼, 시는 통일 달성에 어떠한 역할을 할 수 있는가? 민족통일의 완성이라는 대장정에서 어떠한 시가 능히 그 몫을 담당해 낼 수가 있는가?

나는 이러한 명제들을 생각하며 '통일지향의 시적 대응'을 연대순으로 살펴볼까 한다.

일반적으로, 우리가 살아가는 과정에서 역사적 민족적 현실과 자연 및 인간관계는 무궁한 시적 소재를 우리 시인들에게 제공해 주고 있다. 이 시적 소재에 대해서 시인은 탁월한 시적 대응을 해나감으로써 시인의 존재를 확인받을 수 있다.

2000년 9월 현재 우리의 남북 분단은 무려 56년을 헤아리고 있다. 민족분단 56년! 하늘이 놀라고 땅덩이가 흔들릴 민족적 대비극은 이 땅 시인들의 대응을 준엄하게 요구하고 있다. 아니, 시인들은 이 민족적 대비극의 해결, 즉 통일을 위해 일떠서야 한다. 뛰쳐나가야 한다. 이러한 견지에서 시인들은 민족 공동체의 생사가 달린 당대 최고 최선의 통일 요구에 어떻게 대응해 나갔는가를 살펴보자.

1950년대

　1950년대 전반(全般)은 남북 분단을 거부하는 민족주체세력과 외세의존적 민족분열세력이 준엄하게 맞부딪쳤던 시기이다. 이 시기에는 기본적으로 통일시는 없었고, 오직 종군시·반공시가 있었을 뿐이다. 유치환 시인의 「온정리에서」 「장전에서」라든가, 조지훈 시인의 「전선의 서」 「다부원에서」 등과 구상 시인의 「난중시초」 20여 편 등이 바로 종군시의 대표적 시들이다.

　그러나 비탄과 눈물과 의분과 절망의 50년대에도, 다시 말해 통일시의 황무지 시대에도 놀랍게도 통일시는 있었으니 참으로 감격적인 일이 아닐 수 없다. 1953년 김규동 시인의 「열차를 기다려서」와 1956년 박봉우 시인의 조선일보 신춘문예 당선작 「휴전선」, 1959년 임수생 시인의 「반도의 꽃노을」이 바로 그것이다. 혁명적 기대에 답한 시라고 볼 수 있다. 세 편을 감상해 보자.

▶ **열차를 기다려서**

김규동

비오는 어둠이 가슴에 아파
그럴 때마다 허망한 거리를 가며
당신의 모습을 찾습니다.

탄환에 쫓긴 사슴 모양
생활의 막다른 골목에서
불현듯 그대 손길을 더듬어 봅니다.

북에 갔던 항공기의 편대들이
푸른 공간 위에 폭음을 굴릴 적마다
그대 모습을 어루만집니다.

다섯 해의 세월이 지나갔어도
꿈에 뵙는 당신의 그림자는
항시 환희 밝아……

육십오 세의 흰머리 날리시며
어머니
돌아가시면 안 됩니다.

지금은 큰 우레 산하를 진동하고
옳고 그름을 가리는 인민의 눈동자
별빛처럼 타는 밤

삶을 위한 싸움 속에
자유를 위한 신음 속에
우리 모두 대열져 섰거늘

이윽고 목메인 평화의 아침이 열리면
그 무슨 주저도 없이 달려갈
아들의 열차를 기다려서

어머니
돌아가시면 안 됩니다.
돌아가시면 안 됩니다.

(1953)

이 시는 1953년 7월 27일 역사적 휴전협정이 맺어지기 전의 작품인 듯하다. 통일시의 효시라고 생각된다. 전쟁과 이산과 생활고의 괴로움 속에서 북에 남기고 온 어머니의 손길을 더듬어보고 모습을 그려보는 간절하고 애절한 시이다. 북을 폭격하고 돌아오는 폭격기 편대를 바라보고도 어머님 모습을 어루만진다고 했다. 끝내 평화의 아침이 열리면 주저없이 달려갈 아들의 열차를 기다리는 어머니에게 아들은 간절히 부탁한다. 아니 절규한다.

"어머니 / 돌아가시면 안 됩니다. / 돌아가시면 안 됩니다."

이렇게 시인은 간절한 반복의 효과로 시를 끝내고 있다.

김규동 시인은 1948년 함북 온성 고향에 어머니와 동생을 두고 남하한 분으로 그의 방대한 문학 활동은 오로지 어머니와 고향과 통일에 바쳐지고 있다.

다음은 박봉우 시인의 「휴전선」을 살펴보자.

▶ 휴전선

박봉우

산과 산이 마주 향하고 믿음이 없는 얼굴과 얼굴이 마주 향한 항시 어두움 속에서 꼭 한 번은 천둥 같은 화산이 일어날 것을 알면서 요런 자세로 꽃이 되어야 쓰는가.

저어 서로 응시하는 쌀쌀한 풍경. 아름다운 풍토는 이미 고구려 같은 정신도 신라 같은 이야기도 없는가. 별들이 차지한 하늘은 끝끝내 하나인데…… 우리 무엇에 불안한 얼굴의 의미는 여기에 있었던가.

모든 유혈은 꿈같이 가고 지금도 나무 하나 안심하고 서 있지 못할 광장. 아직도 정맥은 끊어진 채 휴식인가 야위어가는 이야기뿐인가.

언제 한 번은 불고야 말 독사의 혀같이 징그러운 바람이여. 너도 이미 아는 모진 겨우살이를 또 한 번 겪으라는가. 아무런 죄도 없이 피어난 꽃은 시방의 자리에서 얼마나 더 살아야 하는가. 아름다운 길은 이뿐인가.

산과 산이 마주 향하고 믿음이 없는 얼굴과 얼굴이 마주 향한 항시 어두움 속에서 꼭 한 번은 천둥 같은 화산이 일어날 것을 알면서 요런 자세로 꽃이 되어야 쓰는가.

(1956)

나는 지금 '혁명적 기대'라는 말을 썼지만 박봉우가 「휴전선」을 발표했던 1956년 봄 당시는 '통일'이라는 말과 더불어 엄두도 못낼 말이다. 휴전협정이 체결되고 3년도 채 안 되어 반공의식이 냉혹한 시기인 만큼 오직 반공과 북진통일이라는 말만이 활개치던 시절이다. 이렇듯 캄캄하고 엄혹한 시기에 총명한 시인이라면 「휴전선」과 같은 시를 쓰지 않고는 못 배길 것이다.

시인은 "고구려 같은 정신도 신라 같은 이야기도 없는가"고 비장하게 반문한다. 박봉우는 23세 때 이 시를 썼다. 이미 고인이 되어 우리들과 자리를 같이할 수 없는 박봉우의 호흡이 큰 시인적 예지에 새삼 경의를 보낸다.

통일시의 완전 폐허라고 말할 수 있는 50년대에서 「열차를 기다려서」(김규동)와 「휴전선」(박봉우) 두 편을 골라놓고 '할 수 없다, 이것으로라도 만족해야지' 하고 마음을 달래면서도 미련을 버리지 못해 이 시집 저 시집을 뒤적거리다가 부산 임수생 시인이 생각나서 그의 초기 시를 훑어보던 중 두번째 시집 『개꽃, 그 진한 빛깔의 철학』 속에서 「반도의 꽃노을」을 찾아냈다. 한 번 읽고 두 번 읽어 보니 기쁘고 반가웠다. 시 말미의 발표연도(1959. 6)에 주목했다. '1959년에, 몇 살 때지?' 나는 시에서 그 시작 연대를 중요시하고 다음은 작자의 나이를 생각했다. 그런데 임수생의 시집에는 어디에도 출생연대가 기록되어 있지 않아 1959년에 그가 몇 살인지 알 수가 없었다. 새벽인데도 불구하고 부산 그의 자택에 장거리전화를 걸었다.

"스무 살 때입니더. 그 「반도의 꽃노을」은 저의 첫 시집 『형벌』에 넣었었는데 검열에 걸려, 그 시를 빼지 않으면 시집을 못 낸다기에 어쩔 수 없이 뺐다가 1986년 5월 제2시집에 넣었지요."

전화를 끊으니 만감이 가슴을 두드린다. "과연 무서운 50년대였구나!" 하는 비탄이 새삼 터졌다. 그 시대를 전혀 체험 못한 20대, 30대, 40대 시인들에게는 마치 꿈속의 전설처럼 들릴 것이다. 이 시에는 어떻게 해서든 검열을 통과시켜 보려는 작자의 배려와 안간힘이 시 전체에서 발견된다.

이 시는 남쪽의 '내'가 북쪽의 '너'를 보고 싶어하고 그리워하는 것으로 구성되어 있다. 또 6·25전쟁 때의 유엔군은 고원인(高原人)으로, 중국의용군은 분지인(盆地人)으로 지칭하고 있다. "조선의 어른들 눈이 무서워 / 울타리 밖에서 / 아, 우린 이렇게 서로 불러야 한다"라든가, "역사의 꽃구름 피우는 / 노을을 바라보며 / 북쪽의 너를 생각는다" 등은 아주 수준 높은 은유다. 시 전체에 흐르는 서정성도 풍부하다. 1950년대라는 반공의 폭풍 회오리 속에서 약관의 나이에 「반도의 꽃노을」과 같은 시를 썼다는 것은 대견하고 감개무량하다. 역사 희유의 반공 지옥을 이렇게 뚫고 나오고 소화해 냈다는 것은 놀라운 일이 아닐 수 없다.

▶ **반도의 꽃노을**

임수생

(1)
허리 잘라진
두 개의 반도조국아
서쪽으로 강물은 흐르고
오늘도 남쪽의 나는
歷史의 꽃구름 피우는

노을을 바라보며
북쪽의 너를 생각는다.

우리는 언제쯤
한 어린 동무가 되어
산보하던 그날을 노래 부를까.
조선의 어른들 눈이 무서워
울타리 밖에서
아, 우린 이렇게 서로 불러야 한다.

제각기의 대지에는
저마다의 꽃향내로 꽃을 피우고
나는 네가 좋아
노을꽃 바라보는 마음으로 안아도
남쪽의 젊은이는
북쪽의 젊은이를
그리워하며 밤내 피울음을 삼킨다.

(2)
전장에서
한반도는 서로 싸웠다.
한반도는 서로 미워했다.
마구 혈화산이 되어
민족의 통곡은
우리 조선인의 젊은 죽음으로
대지나 강물은 힘이 없었다.

꽃은 누구를 사랑하여 쓰러져야 하며
키가 높은 高原人이나
키가 낮은 盆地人은
우리의 강산을
왜 함부로 짓이겨야 하나.

키가 높고 낮은 사람들은
우리와는 사랑이 달라
꽃밭에서 자라는 의미가 달라,
그런데도
반도조국아
우린 서로 조국의 심장에 총을 겨누고
아아, 그런데도 조선의 후예들은
키가 높고 낮은 사람들의 총에
더 많이 쓰러져 갔다.

내 사랑하는 형제여
사랑하는 꽃밭에, 같은 꽃밭에
조국을 심으려던 전쟁은
끝끝내 생성하는 폐허였구나.
빠알갛게 돋아오는
아침의 풍성한 대지가 이렇게도 쓸쓸하다.

(3)
꽃노을 강변에서
북쪽의 너를 못 잊어 하며
어린 童貞을 다시 생각하며

남쪽의 사내
나는 이렇게 힘없이 앉아 있다.

구름은 동쪽으로 서쪽으로
또는 남쪽으로 흘러와도
소식 하나 없어,
나는 이렇게 사보텐을 심으며
너의 회상에 가슴 졸인다.

어찌나 안타까운 울음은 그쳐,
벌판에 서서
새로운 아침으로 맹세해 본다.

한반도의 젊은이여
갈라진 대지의 꽃밭에서
키가 높고 낮은 사람들은
당신들의 고향으로 가게 하고
우리 서로 같은 꽃밭에서
즐겁게 행진의 노래 부르자.

꽃노을 피맺힌 언덕이나
갈꽃이 손짓하는 강가에서
사보텐의 의지를 안고
나는 이렇게 타오르는 노을을 바라보며
우리의 형제를
길게 뻗은 반도조국의 앞날을 생각한다.

(1959)

1960년대

1960년의 4·19혁명은 분단민족의 앞길에 활기찬 희망을 소생시켜 주었지만 1년 후 박정희 군사쿠데타로 모든 희망은 거품으로 사라지고 말았다. 그후 30여년 간 군사독재 암흑시기에는 '통일'이라는 말을 쓸 수조차 없었다. '반공'이 최대한으로 검은 나래를 펴던 시기이다.

60년대 전반은 문학적으로 볼 때 반공시와 더불어 참여시와 순수시의 논쟁이 특징이요, 후반은 진보적인 『창작과 비평』지의 혜성 같은 등장으로 반공 일변도에서 민주·민족문학의 서광이 서서히 비추기 시작했다. 반공이 국시로 통하는 모순된 암흑시기에 시인이 38선 철폐나 통일의지를 형상화해 낸다는 것은 여간 어려운 일이 아니었다. 은유·암시로서나 겨우 가능했다. 그나마 용기가 없이는 안 되었다.

1960년대 초 신석정 시인의 「壁의 노래」가 그 대표적 예이다. 동시에 분단의 정서도 아주 짙다.

▶ **壁의 노래**

신석정

너와 날 차단하는 것은
벽이었다.

　차가운 바람이
　스쳐오고 가는구나!

그러기에
체온을 차단하는 것도
벽이었다.

　까르르
　소리조차 검은
　까마귀가 울고 간다.

이웃과 이웃을 차단하고,
겨레와 겨레를 차단하고,
나라와 나라를 차단하고 ,

　인젠 하늘도 질려
　파아랗게 끊어질 절정.

끝내는
서성대는
너와 나를 차단하는

벽.

　　뽀오얀 햇빛 속에
　　아득한 꽃그늘이 흔들린다.

　　이 벽을 넘어서
　　이 무서운 벽을 넘어서
　　이 어두운 벽을 넘어서

　　오는 날 영주할 우리들의 주소는
　　결정되는 것이다.

(1960)

　38분단선으로 해서 답답함, 우울함, 어둠의 심정이 잘 나타나 있다. 그러나 시인은 절망하지 않고 마지막 부분에서 "이 벽을 넘어서 / 이 무서운 벽을 넘어서 / 이 어두운 벽을 넘어서 // 오는 날 영주할 우리들의 주소는 / 결정되는 것이다"라고 절규했다. 바꿔 말하면 38분단선이 없어져야만 모든 것이 정상적으로 자리가 잡혀 민족적 번영을 이룩할 수 있다는 말이다.

　1964년 7월 박정온 시인은 「먼 山河여」를 발표했다.

▶ **먼 山河여**

박정온

먼 山河여
어서 우리 앞에 오라.

지금은 불길 이는 우리의 사랑으로
모든 어제의 썩은 자죽을 지우는 때이다.
지금은 오욕(汚辱)의 어두운 壁을
너와 나의 강한 저력(底力)으로 무너뜨려야 할 때이다.

그렇다. 지금은
얄팍한 그리움으로 젖어 있을 때가 아니다.

한 해를 그저 밥을 위하여
숨가쁜 疾走로 닳은
恥辱과 貧困의 수레바퀴와
해쓱하고 남루(襤褸)한 어진 이웃들이
눈망울을 스치는
1960년대의
어두운 벽을 넘어서

먼 山河여
일어서라, 일어서라.

누구인가
피흘리고 간 뒤의
누구인가
노래부르고 간 뒤의

노래소리를 따라
응어리는 소리를 따라

어둠 속에서 느끼는
오오 明日의 輪廓이여.

(1964)

시인은 「먼 山河여」에서 '우리 앞에 오라 일어서라'고 호
소한다. 그리고 '어두운 오욕의 벽을 강한 저력으로 무너뜨
리자'고 외친다. 통일에 대한 운명적인 진한 그리움이 분출
하고 있다.

1965년 8월 8·15해방 20주년을 맞아 박두진 시인은 「깃발
에 말한다」라는 긴 시를 썼는데, 그 내용은 8·15해방의 감격
을 회상하고 6·25의 동족상잔과 4·19의 환희, 박정희 군사
독재의 암흑, 분단비극에 대한 의분 등 착잡한 심정을 토로
하고 마지막으로 분단을 극복해 기어코 하나의 조국을 이룩
해 내겠다는 열망과 결의를 다졌다.

▶ **깃발에 말한다**

박두진

(전략)
빼앗겼던 자만이 비로소 가질 수 있는 자유에의 흐느낌
전율과 증오, 분노와 체념 속에
잃어버렸던 자만이 느낄 수 있는 그 눈물겨웠던 환희

이제는 살았다 이제는 우리도 살아볼 수 있다는
푸드득거려도 푸드득거려도 다함 없던
새로운 하늘에의 날개짓
서로가 서로 부둥켜 외치던
아, 악몽 그 36년 만에 비로소 뿜었던 열한 만세를.
말해서는 무엇하리.
벌써 흘러간 세월 이미 20년
20년이면 얼마나 긴가?
아, 8·15는 덧없다.
되돌아보아도 안타까워도 간 날은 이미 꿈인 것을.
오늘도 이 조국 반 하늘에는
여전히 그 햇덩어리 뜨거이 작렬하고
하늘 무심한 푸르른 얼굴은
우리의 모두를 굽어보지만
무엇이었나? 참말로 우리는 20년 동안
무엇이었나?
그때의 그 노예 식민지,
무엇이 오늘, 얼마쯤 오늘 달라졌나?
피워올렸던 그 찬란한 꿈의 자락에는
뜨겁고 임리한 선혈만 자욱지고
깃발을 날리던 그 언덕 마다엔
젊음들 죽어서, 죽어서 갔다.
피는 흘러서 강 흐름을, 백골은 쌓여서 산이 됐다.
그 자유, 그 단결, 그 번영, 그 행복에의
뜨겁던 맹세는 오늘 다 어디 가고, 우리들 오늘
절망과 분노로만
지지 눌려서 살아,

죽음이 아니면 절망, 피가 아니면 눈물
동포는 곧 적이었고 이념은 곧 저주,
애국은 망국, 사랑은 증오로 뒤집히는
우리는 서로 배반했고, 우리는 서로가 짓밟았다.
우리는 서로 넘어뜨렸고, 우리는 서로 피흘렸고
우리는 서로 증오했고, 우리는 서로 죽였다.

(중략)

하늘이 주신 그 자유를
스스로 우리를 짓밟았고,
하나로 뭉쳐 잘 살아야 할 이 국토
반 허리 잘리운 채 20년을 오늘까지.
그러나, 그렇다. 어찌 우리들 이것을 모르냐?
우러러 하늘에 태양이 하나이듯
밤 하늘 서늘어운 저 푸른 달이 하나이듯
이 겨레 이 강산 모두의
찬란한 꿈은 하나,
그 남북 끊어진 조국을 끓는 피로 이어,
불멸의 깃발 찬란한 자유, 길이 드날릴
하나의 조국 이 땅에 이뤄
길이 지켜갈
뜨거운 마음 진한 피로 가슴 새기자.

(1965)

1960년대 후반에는 이인석의 「다리」가 있다.

▶ **다리**

이인석

다리를 놓자.
다리를 놓아야 한다.
우리가 사는 일은 다리를 놓아야 한다.
너와 나의 마음에
다리를 놓자.
휴전선 위에
서울과 평양에
가로 세로 거미줄 얽히듯
이렇게 다리를 놓아 나가면
언제가는 하나가 되리.
주의(主義)가 공간을 갈라놓을 수 있나.
가로막은 권력의 담장을 쳐부셔라.
아무리 거룩한 말씀을 휘둘러도
피와 살을 갈라놓을 이유일 수는 없다.
아름다운 산하에 꽃이 피고
산새가 울어도
흰구름이 무심코 흘러도
증오의 눈초리가 오가는 이 땅은
주검과 죄악의 쓰레기통
저주받은 생활일 수밖에 없다.
나는 누군가.
그건 아무래도 좋다.
이런 상태에선 아무래도 좋다.
나갈 수가 없는 걸.

아무 데도 길은 막혀
흡사 형체 없는 벽.
포박당한 억울한 수인(囚人)
다리를 놓자.
우리가 사는 일은 다리를 놓자.

(1966)

시인은 휴전선 위에, 서울과 평양에 다리를 놓자고 호소했다. 주의와 권력의 장벽을 부수고 다리를 놓자고 외쳤다. "주의가 공간을 갈라놓을 수 있나"라고 강하게 반문하고, 분단선으로 옭혀 맺힌 남북의 형제를 수인(囚人)으로 비유했다. 현재 우리가 할 일은 분단선을 없애고 남북의 형제가 하나로 되어야 한다고 강렬하게 주장하고 있다.

1967년에는 유명한 장편서사시 「금강」의 시인 신동엽이 「껍데기는 가라」를 발표했다. 이 반외세 시는 의당 통일시 범주에 들어가는데 대단한 역사적 의의를 가지고 있다. 우선 먼저 감상해 보자.

▶ **껍데기는 가라**

신동엽

껍데기는 가라.
4월도 알맹이만 남고
껍데기는 가라.

껍데기는 가라.
동학년(東學年) 곰나루의, 그 아우성만 살고
껍데기는 가라.

그리하여, 다시
껍데기는 가라.
이곳에선, 두 가슴과 그곳까지 내논
아사달 아사녀가
중립의 초례청 앞에 서서
부끄럼 빛내며 맞절할지니

껍데기는 가라.
한라에서 백두까지
향그러운 흙가슴만 남고
그, 모오든 쇠붙이는 가라.

(1967)

이 시의 발표보다 2년 앞선 1965년에 남정현은 유명한 반외세 주체적 걸작인 소설 『분지』를 발표했다. 『분지』의 충격과 성과는 과시 역사적이었다. 마찬가지로 시에 있어서 「껍데기는 가라」는 반외세 시의 효시인 동시에 현대 시사적 입장에서 볼 때도 서슴없이 걸작이라고 단언할 수 있다. 단 20행의 시 속에서 우리나라 근·현대사를 거뜬히 담아내고 있다. 전봉준의 동학농민전쟁과 4·19혁명을 대비시킨 점은 역사인식의 정통을 찔렀다. 전자는 반봉건 반외세요, 후자는 반독재 반외세이다.

이 시의 구성의 묘는 자못 완벽하다. 동학농민전쟁과 4·19

혁명을 아사달과 아사녀로 비유해 형상화한 것은 정말 놀랍
다. 범인은 근접하기 어려운 대목이 아닌가 생각된다. "4월도
알맹이만 남고 껍데기는 가라"는 역사인식 역시 놀랍다. 다
아는 바와 같이 4·19혁명에서 피는 학생과 청년들이 흘렸고
그 열매는 보수 반민족세력이라는 껍데기가 따먹지 않았던
가. 더구나 그 열매를 다시 친일 독재군인들이 가로챘음에
있어서랴.
　시인은 마지막으로 "한라에서 백두까지 향그러운 흙가슴만
남고 모오든 쇠붙이는 가라"고 역사적 민족적 절대 명령을
절규했다. 천재시인 신동엽은 31년 전에 불행하게도 타계했
지만 그의 생명력과 시적 향기와 광채는 오늘도 살아 있다.

정치적으로는 1972년 7월 4일 자주, 평화, 민족대단결을 내용으로 하는 역사적 '7·4남북공동성명'이 발표되었다. 박정희는 이를 악용해 유신체제를 선포하여 반공 암흑천지를 만들었다. 이에 맞서 재야세력은 1973년 봄에 민주수호국민회의, 가을에는 민주회복국민회의를 만들어 민주화투쟁을 전개했다.

문학적으로는 1974년 11월 양심적이요 진보적인 문인들이 자유실천문인협의회를 만들어 박정희유신독재체제에 대항했다. 이 시기 10년 만에 시단에 복귀한 신경림 시인은 「농무」에서 보는 바와 같이 답답한 농촌과 암울한 지식인 심정을 쉬운 말로 리얼리틱하게 잘 묘사해 80년대 민중시의 터전을 닦아놓았다. 한편 「황토」의 작가 김지하 시인은 「오적」을 발표해 짓눌린 사회에 통쾌한 바람을 불러일으켰다.

1970년 11월 전태일의 분신자살은 글자 그대로 노동해방의 불꽃이었다. 또한 1975년 4월 김상진은 박정희의 유신군사독재에 맞서 할복 항거했다.

1979년 11월에 터진 소위 YWCA위장결혼사건은 80년대 재야 민주화통일투쟁을 점화했다는 점에서 의의가 크다. 중심인물은 함석헌·양순직·김병걸·백기완 등이다. 이 해 12월에는 부마항쟁이 터져 박정희 군사정권을 궁지에 몰아넣었다.

1971년 김규동 시인은 「북에서 온 어머님 편지」를 발표했다. 이 시는 좀 특이한 구성이다. 남쪽에 있는 아들이 북쪽에 있는 어머님을 그리워한다든가 만나고 싶다는 그런 시가 아니고 북쪽에 있는 어머니가 꿈에 남쪽 아들이 찾아왔다는 사실을 남쪽 아들에게 편지로 전하는 형식으로 되어 있다. 색다르고 아주 신선한 구성이다. 10여년 전 필자의 첫 시집 『망향』을 읽어보신 문 목사 자당께서 필자에게 하던 말씀이 생각난다.

"어째서 어머니가 아들을 생각하는 시는 하나도 없음메?"

▶ **북에서 온 어머님 편지**

김규동

꿈에 네가 왔더라
스물네 살 때 훌쩍 떠난 네가
마흔일곱 살 나그네 되어
네가 왔더라
살아 생전에 만나라도 보았으면
허구한 날 근심만 하던 네가 왔더라
너는 울기만 하더라
내 무릎에 머리를 묻고

한 마디 말도 없이
어린애처럼 그저 울기만 하더라
목놓아 울기만 하더라
네가 어쩌면 그처럼 여위었느냐
멀고 먼 날들을 죽지 않고 살아서
네가 날 찾아 정말 왔더라
너는 내게 말하더라
다신 어머니 곁을 떠나지 않겠노라고
눈물어린 두 눈이
그렇게 말하더라 말하더라

(1971)

1972년 7월 4일 남북합의로 '7·4남북공동성명'이 발표되었다. 자주, 평화, 민족대단결을 골자로 하는 이 성명은 전민족의 대환희를 불러일으켰다.

시골 자그마한 장터에서는 이 성명이 어떻게 받아들여졌는가. 신경림 시인은 「폭풍」이라는 시의 전반에서 다음과 같이 쓰고 있다.

"자전거포도 순대국집도 문을 닫았다 / 사람들은 모두 장거리로 쏟아져나와 / 주먹을 흔들고 발을 굴렀다 / 젊은이들은 병과 꽹과리를 치고 / 처녀애들은 그 뒤를 따르며 노래를 불렀다 / 솜뭉치에 석유불이 당겨지고 / 학교 마당에서는 철 아닌 씨름판이 벌어졌다."

그러나 박정희는 이 공동성명을 악용해 그 해 10월 장기집권을 위한 유신체제를 선포하고 더 강도 높은 탄압체제로 돌입했다. 따라서 「폭풍」의 후반부는 다음과 같이 이어졌다.

"먹구름이 끼더니 진눈깨비가 쳤다 / 젊은이들은 흩어져

문 뒤에 가 숨고 / 노인과 여자들만 비실대며 잔기침을 했다
/ 그 겨우내 우리는 두려워서 떨었다.”

　시 「폭풍」은 전반과 후반이 완전히 상반된 내용으로 묘사
되어 있다. 필자는 처음 이 시를 읽고 어리둥절했다. 그러나
시 말미의 발표연도(1972년)를 보고 이내 짐작이 가 신 시인
에게 전화를 걸었더니 “그렇다”고 대답해 주었다.

　1972년 겨울에 발표된 「폭풍」은 그 즈음의 정황을 잘 증언
해 주는 좋은 시다. 읽어보자.

▶ 폭풍

신경림

　　자전거포도 순대국집도 문을 닫았다
　　사람들은 모두 장거리로 쏟아져나와
　　주먹을 흔들고 발을 굴렀다
　　젊은이들은 징과 꽹과리를 치고
　　처녀애들은 그 뒤를 따르며 노래를 했다
　　솜뭉치에 석유불이 당겨지고
　　학교 마당에서는 철 아닌 씨름판이 벌어졌다
　　그러다 갑자기 겨울이 와서
　　먹구름이 끼더니 진눈깨비가 쳤다
　　젊은이들은 흩어져 문 뒤에 가 숨고
　　노인과 여자들만 비실대며 잔기침을 했다
　　그 겨우내 우리는 두려워서 떨었다
　　자전거포도 순대국집도 끝내 문을 열지 않았다

(1972)

물과 바람과 빛은 소리없이 만나서 흔적없이 섞인다는 자연계의 물리적 현상에 착안해 우리 남북 민족은 한 핏줄 한 형제이니까 꼭 만나야 한다는 것을 강조한 재미난 시가 있다. 조태일 시인은 「물·바람·빛－國土·11」에서 "한 핏줄의 땅을 딛고서도 / 사람은 사람을 만날 수가 없구나 / 사람이면서 나는 사람을 만날 수가 없구나"라고 분단현실에 대해 한숨짓고 분기한다.

또 다른 시 「너만 하나냐 우리도 하나다－國土·13」이라는 시에서는 해도 달도 하나인데 우리 겨레는 왜 둘로 나뉘었는가고 반문한다.

또 북쪽 처녀는 북순·남쪽 처녀는 남순, 북쪽 총각은 북남·남쪽 총각은 남남으로 각각 명명하고 서로 만나지 못하는 것이 억울해 죽겠다고 호소한다.

마지막으로 "너만 하나냐? 우리도 하나다"는 시구를 반복하면서 하늘과 물이 하나이듯이 우리 남북 겨레도 "숨결을 합치고" 한 "핏물을 출렁이며" "더덩실 더덩덩실 더어더엉실 춤춘다"고 노래했다. 시의 리듬도 뛰어나다. 두 편을 연달아 읽어보자.

▶ **물·바람·빛**
　－國土·11

조태일

물과 물은 소리없이 만나서
흔적없이 섞인다.
차가운 대로 혹은 뜨거운 대로 섞인다.

바람과 바람도 소리없이 만나서
흔적없이 섞인다.
세찬 대로 혹은 보드라운 대로 섞인다.

빛과 빛도 소리없이 만나서
흔적없이 섞인다.
쏜살같이 혹은 느릿느릿 섞인다.

한 핏줄끼리는 그렇게 만나고 섞이는데
한 핏줄의 땅을 딛고서도

사람은 사람을 만날 수가 없구나
사람이면서 나는 사람을 만날 수가 없구나.

(1972)

▶ 너만 하나냐 우리도 하나다
－國土 · 13

조태일

대낮에 아무리 보아도 태양은
하나니깐 하나로 보인다.
한밤에 아무리 보아도 달은
하나니깐 하나로 보인다.
교과서에서도 그렇게 배웠거니와
한반도는 끝끝내 하나인데
동서에서 보기엔 둘로 보였다.

생각하니 북순(北順)아, 억울해 죽겠다
곰곰이 생각하니 남순(南順)아 억울해 죽겠다
죽어죽어 생각해도 억울하겠다. 북남(北男)아
억울하다 생각하니 더 억울하다 남남(南男)아

꽹과리·징·장구·소구·벅구 들고 나와
모두 보라고 더덩실 더덩덩실 더어덩실
억울하다 생각하니 살겠다. 춤춘다.
너만 하나냐? 우리도 하나다.
하늘더러 보라고 살빛을 보이고
너만 하나냐? 우리도 하나다.
강물더러 보라고 눈물을 합치고
너만 하나냐? 우리도 하나다.
바람더러 보라고 숨결 합치고
너만 하나냐? 우리도 하나다.
물더러 보라고 핏줄 출렁이며
모두 보라고 모두 보라고
더덩실 더덩덩실 더어더엉실 춤춘다.

(1972)

문병란 시인은 1975년에 삼천리 조국의 존재성, 존엄성과
민족 주체의식 그리고 민족통일의 염원이 꽉 들어찬 「땅의
연가」를 썼고, 1976년에는 남북의 만남, 즉 통일을 간절히 바
라는 아름다운 시 「직녀에게」를 썼다.
 '남녀 칠세 부동석'이라는 말이 있듯이 오랜 옛날부터 미
혼 남녀의 사귐은 엄격히 금지되어 왔다. 견우와 직녀는 이
금기를 깨뜨리고 둘이서 은밀히 만났다. 이 사실이 알려지자

양쪽 부모는 놀라 까무라쳤고 한울님은 격노했다. 한울님은 금기를 깨뜨린 벌로 견우는 은하수 동쪽에 직녀는 은하수 서쪽에 갈라져 살게 하고 일 년에 단 한 번 칠월 칠일, 즉 칠석날에만 까마귀 까치가 나래를 펴 다리를 놓아 만나도록 했다.

이 견우와 직녀의 '오작교 만남'의 전설을 원용해서 문병란 시인은 「직녀에게」를 썼다.

견우와 직녀가 은하수를 사이에 두고 서로 바라만 본다는 사실과 우리 겨레 남쪽과 북쪽이 삼팔분계선을 사이에 두고 서로 하늘만 바라보고 만나지 못하는 민족비극을 대비시켰다. 시의 발상과 구성이 흥미롭고 적절하다.

그래도 견우와 직녀는 까치 까마귀가 놓아준 오작교를 건너 칠월 칠석날 일 년에 한 번씩은 꼭 만났으니, 반세기가 넘게 단 한 번도 만나지 못한 우리 남북 형제에 비하면 얼마나 행복한가. 두 시를 감상해 보자.

▶ **땅의 戀歌**

문병란

나는 땅이다
길게 누워 있는 빈 땅이다.
누가 내 가슴을 갈아엎는가?
누가 내 가슴에 말뚝을 박는가?

아픔을 참으며
오늘도 나는 누워 있다.

수많은 손들이 더듬고 파헤치고
내 수줍은 내벽의 나체 위에
가만히 쓰러지는 사람
농부의 때묻은 발바닥이
내 부끄런 가슴에 입을 맞춘다.

멋대로 사랑해 버린 나의 육체
황토빛 욕망의 새벽 우으로
수줍은 안개의 잠옷이 내리고
연한 잠 속에서
나의 씨앗은 새순이 돋힌다.

철철 오줌을 갈기는 소리
곳곳에 새끼줄을 치는 소리
여기저기 구멍을 뚫고
새벽마다 연한 내 가슴에
욕망의 말뚝을 박는다.

상냥하게 비명을 지르는 새벽녘
내 아픔을 밟으며
누가 기침을 하는가,
5천 년의 기나긴 오줌을 받아먹고
걸걸한 백성의 눈물을 받아먹고
슬픈 씨앗을 키워온 가슴
누가 내 가슴에다 철조망을 치는가?

나를 사랑해 다오, 길게 누워

황토빛 대낮 속으로 잠기는
앙상한 젖가슴 풀어헤치고
아름다운 주인의 손길 기다리는
내 상처받은 묵은 가슴 위에
빛나는 희망의 씨앗을 심어다오!

짚신이 밟고 간 다음에도
고무신이 밟고 간 다음에도
군화가 짓밟고 간 다음에도
탱크가 으렁으렁 이빨을 갈고 간 다음에도
나는 다시 땅이다 아픈 맨살이다.

철철 갈기는 오줌 소리 밑에서도
온갖 쓰레기 가래침 밑에서도
나는 다시 깨끗한 땅이다.
아무도 손대지 못하는 아픔이다.

오늘 누가 이 땅에 빛깔을 칠하는가?
오늘 누가 이 땅에 멋대로 선을 긋는가?
아무리 밟아도 소리하지 않는
갈라지고 때묻은 발바닥 밑에서
한 줄기 아픔을 키우는 땅
어진 백성의 똥을 받아먹고
뚝뚝 떨어지는 진한 피를 받아먹고
더욱 기름진 역사의 발바닥 밑에서
땅은 뜨겁게 뜨겁게 울고 있다.

(1975)

▶ **織女에게**

문병란

이별이 너무 길다.
슬픔이 너무 길다.
선 채로 기다리기엔 은하수가 너무 길다.
단 하나 오작교마저 끊어져버린
지금은 가슴과 가슴으로 노둣돌을 놓아
면도날 위라도 딛고 건너가 만나야 할 우리
선 채로 기다리기엔 세월이 너무 길다.
그대 몇 번이고 감고 푼 실을
밤마다 그리움 수놓아 짠 베 다시 풀어야 했는가.
내가 먹인 암소는 몇 번이고 새끼를 쳤는데
그대 짠 베는 몇 필이나 쌓였는가?
이별이 너무 길다.
슬픔이 너무 길다.
사방이 막혀버린 죽음의 땅에 서서
그대 손짓하는 여인아
유방도 빼앗기고 처녀막도 빼앗기고
마지막 머리털까지도 빼앗길지라도
우리는 다시 만나야 한다.
우리들은 은하수를 건너야 한다.
오작교가 없어도 노둣돌이 없어도
가슴을 딛고 다시 만나야 할 우리는
칼날 위라도 딛고 건너가 만나야 할 우리
이별은 이별은 끝나야 한다.
말라붙은 은하수 눈물로 녹이고

가슴과 가슴에 노둣돌 놓아
슬픔은 슬픔은 끝나야 한다. 여인아.

(1976)

양성우 시인이 시「겨울 共和國」을 쓴 것은 70년대 중반이
다. 그는「겨울 共和國」으로 하여 교직을 물러나야 했고 감
옥으로 옮혀가야 했다.

박정희 군사독재의 탄압이 절정에 달해 사회 전체가 암울
했을 때 민중들의, 양심인사들의 심적 고통이 어떠했는가를
「겨울 共和國」은 잘 대변해 주고 있다. 시는 당시 구세주의
목소리요 암담한 사회에 비춘 생명의 햇불이자 진군의 나팔
소리였다. '여보게'라는 상대를 불러일으키는 기법을 써서
효과를 더 거두고 있다.

80년대 민주인사들의 수많은 모임에서 이미 고인이 된 음
영시인 성래운 교수는 낭랑한 목소리로「겨울 共和國」을 유
창하게 암송해 듣는 우리들은 얼마나 즐거웠고 힘을 얻었던
가!

▶ **겨울 共和國**

양성우

여보게 우리들의 논과 밭이 눈을 뜨면서
뜨겁게 뜨겁게 숨쉬는 것을 보았는가
여보게 우리들의 논과 밭이 가라앉으며
누군가의 이름을 부르는 것을 부르면서
불끈불끈 주먹을 쥐고

으드득 으드득 이빨을 갈고 헛웃음을
껄껄껄 웃어대거나 웃다가 새하얗게
까무라쳐서 누군가의 발 밑에 까무라쳐서
한꺼번에 한꺼번에 죽어가는 것을
보았는가

총과 칼로 사납게 윽박지르고
논과 밭에 자라나는 우리들의 뜻을
군화발로 지근지근 짓밟아대고
밟아대며 조상들을 비웃어대는
지금은 겨울인가
한밤중인가
논과 밭이 얼어붙는 겨울 한때를
여보게 우리들은 우리들을
무엇으로 달래야 하는가

삼천리는 여전히 살기 좋은가
삼천리는 여전히 비단 같은가
거짓말이다 거짓말이다
날마다 우리들은 모른 체하고
다소곳이 거짓말에 귀기울이며
뼈 가르는 채찍질을 견뎌내야 하는
노예다 머슴이다 허수아비다

부끄러워라 부끄러워라 부끄러워라
부끄러워라 잠든 아기의 베개 맡에서
결코 우리는 부끄러울 뿐

한마도 떳떳하게 말할 수 없네
물려줄 것은 부끄러움뿐
잠든 아기의 베개 맡에서
우리들은 또 무엇을 변명해야
하는가

서로를 날카롭게 노려만 보고
한마디도 깊은 말을 나누지 않고
번쩍이는 칼날을 감추어두고
언 땅을 조심조심 스쳐가는구나
어디선가 일어서라 고함질러도
배고프기 때문에 비틀거리는
어지럽지만 머무를 곳이 없는
우리들은 또 어디로 가야 하는가
우리들을 모질게 재갈 물려서
짓이기며 짓이기며 내리모는 자는
누구인가 여보게 그 누구인가
등덜미에 찍혀 있는 우리들의 흉터,
채찍 맞은 우리들의 슬픈 흉터를
바람아 동지 섣달 모진 바람아
네 쓸쓸한 칼끝으로도 지울 수
없다

돌아가야 할 것은 돌아가야 하네
담벼락에 붙어 있는 농담거리도
바보 같은 라디오도 신문 잡지도
저녁이면 멍청하게 장단 맞추는

TV도 지금쯤은 정직해져서
한반도의 책상 끝에 놓여져야 하네
비겁한 것들은 사라져가고
더러운 것들도 사라져가고
마당에도 골목에도 산과 들에도
사랑하는 것들만 가득히 서서
가슴으로만 가슴으로만 이야기하고
여보게 화약냄새 풍기는 겨울 벌판에
잡초라도 한줌씩 돋아나야 할 걸세

이럴 때는 모두들 눈물을 닦고
한강도 무등산도 말하게 하고
산새들도 한반쯤 말하게 하고
여보게
우리들이 만일 게으르기 때문에
우리들의 낙인을 지우지 못한다면
차라리 과녁으로 나란히 서서
사나운 자의 총끝에 쓰러지거나
쓰러지며 쓰러지며 부르짖어야 할 걸세

사랑하는 모국어로 부르짖으며
진달래 진달래 진달래들이 언 땅에도
싱싱하게 피어나게 하고
논둑에도 밭둑에도 피어나게 하고
여보게
우리들의 슬픈 겨울을
몇 번이고 몇 번이고 일컫게 하고,

묶인 팔다리로 봄을 기다리며
한사코 온몸을 버둥거려야
하지 않은가
여보게

(1976)

1977년 정희성 시인은 「휴전선에서」를 발표했다.

▶ **휴전선에서**

정희성

철망 아래 국화송이
찬 바람에 흔들리고
들가에 푸른 쥐
철모 밑에 숨느니
어디로 가는 길일까.
여기서 끊어져 이끼가 피고
무너진 길에는 정히
슬픈 물이 흐른다.
고향땅 새록새록
가슴 사무쳐
이 주먹으로 흐르고 흐르는
눈물을 훔치느니
병사의 총부리 끝엔
불탄 산정이 숨죽이고
노루 하나 의연히

북녘 하늘 우러른다.
기러기여, 이 가을
누가 울 울음을 울고 가는가.
총소리에 놀라
문득 하늘만 높구나.

(1977)

박봉우 시인의 「휴전선」이 호흡이 크고 목청이 높은 데 반해 정희성 시인의 「휴전선에서」는 시심이 섬세하고 잔잔하며 분단의 서정이 짙어 각기 일장일단은 있지만 통일을 염원하는 심성은 같다.

1978년에는 문익환의 「꿈을 비는 마음」이 발표되었다.

▶ 꿈을 비는 마음

문익환

개똥 같은 내일이야
꿈 아닌들 안 오리오만은
조개 속 보드라운 살, 바늘에 찔린 듯한
상처에서 저도 몰래 남도 몰래 자라는
진주 같은 내일이야
꿈 아니곤 오는 법이 없다네.
그러니 벗들이여
보름달 뜨거든 정화수 한 대접 떠놓고
진주 같은 꿈 한자리 점지해 줍시사고

천지신명께 빌지 않으려나!

벗들이여!
이런 꿈은 어떻겠소?
155마일 휴전선을
해뜨는 동해바다 쪽으로 거슬러 거슬러 오르다가 오르다가
푸른 바다가 굽어보이는 산정에 다다라
국군의 피로 뒤범벅되었던 북녘땅 한 삽
공산군의 살이 썩은 남녘땅 한 삽씩 떠서
합장을 지내는 꿈,
그 무덤은 우리 오천만 겨레의 순례지가 되겠지.

그 앞에서 눈물을 글썽이다 보면
사팔뜨기가 된 우리의 눈들이 제대로 돌아
산이 산으로 내가 내로 하늘이 하늘로
나무가 나무로 새가 새로 짐승이 짐승으로
사람이 사람으로 제대로 보이는
어처구니없는 꿈 말이외다.

그도 아니면
이런 꿈은 어떻겠소?
철들고 셈들었다는 것들은 다 죽고
동남동녀들만 남았다가
쌍쌍이 그 앞에 가서 화촉을 올리고
─그렇지 거기에는 박달나무가 서 있어야죠.─
그 박달나무 아래서 뜨겁게도 사랑하는 꿈 그리고는
동해바다에서 치솟는 용, 품에 와서 안기는 태몽을 얻어

딸을 낳고
아침햇살을 타고 날아오는
황금빛 수리에 덮치는 꿈을 꾸고
아들을 낳는
어처구니없는 꿈 말이외다.

그도 아니면
이런 꿈은 어떻겠소?
그 무덤 앞에서 샘이 솟아
서해바다로 서해바다로 흐르면서
휴전선 원시림이
압록강 두만강을 넘어 만주로 펼쳐지고
한려수도를 건너뛰어 제주도까지 뻗는 꿈
물고기가 되어 펄떡펄떡 뛰며 강과 바다를 누비는
어처구니없는 꿈 말이외다.

"비나이다 비나이다.
천지신명님 비나이다.
밝고 싱싱한 꿈 한자리
평화롭고 자유로운 꿈 한자리
부디부디 점지해 주사이다."

(1978)

정말 목사다운 순진하고 부드럽고 간절하고 동족 사랑이
넘치는, 남북의 화해를 염원해 마지않는 기원시의 백미라 하
겠다.

박재삼 시인의 「분단의 슬픔」과 김준태 시인의 「三八線에
서」는 다같이 38선에 대한 비애와 눈물을 노래하고 있다. 전
자가 정치적인 질책이 있는 반면 후자는 주인공이 고향으로
돌아가지 못하는 슬픈 서정이 담뿍 담겨 있다.

▶ **分斷의 슬픔**

박재삼

지금 남과 북은
캄캄한 절벽이어서 소식만이 아니라
모든 것은 막히어 있지만
또 설령 내가 잘산다면 잘살수록
북쪽 동포는 잊고 살기 마련이지만
그러나 새들은
그 경계도 없이 넘나들고
바람은 거기서 불다 여기로 오는 것을
예사로 하고 있다.
아직 자연만 그전 그대로고
인위는 엄청나게 다른 길을 달리고 있다.
사해동포라고 했는데
그냥 좁게는
같은 말, 같은 생활을 영위하던 겨레가
이렇게 멀리 떨어진 듯이
아, 다시 말하면 없어진 듯이 느끼는
이것은 정치를 잘못하고 있기 때문이다.
어느 쪽이 경위에 벗어났나 하는 것은

역사가 명명백백하게 기록하고 있을 텐데.
그 현실의 정치권력에 묶여
착한 백성은 오늘도 초가(草家)처럼 묵묵히 엎드리고 있는데.

(1979)

▶ **三八線에서**

김준태

여자처럼 울고 싶다.
돌아갈 수 없는 고향
끝끝내는 돌아가야 할 고향
녹슨 철조망 너머로
가슴을 날리며
여자처럼 울고 싶다.
침묵의 깊은 밤바다
삼팔선에 그득한 달맞이꽃
아앙 우리는 여자처럼 울고 싶다.

(1979)

1980년대

1985년이던가 대구의 국회의원 유성환 씨는 "국시(國是)는 반공이 아니라 통일이다"는 말을 했다가 옥살이를 했다. 반공을 국시로 믿는 무서운 군사독재 탄압 속에서도 1980년대는 민족민중문학이 동토에 핀 꽃이랄까, 그 나름으로 꽃핀 시기다. 그 원인은 어디에 있는가. 10·26박정희사망에 이어 12·12전두환군사반란 이후 5·18광주항쟁 직전까지의 6개월간은 탄압의 감시가 어쩔 수 없이 어느 정도 느슨해진 반면 민중의 잠재역량은 막강했다. 이런 역학관계를 틈타 북한, 중국, 소련, 동구 등지의 사회주의권 서적이 반지하나 지하를 통해 국내에 연달아 들이닥쳤다. 이렇게 해서 민중의 각성은 기하급수적으로 빨라졌다. 그후 역사적 광주 5월항쟁에서 보여준 민중의 폭발력과 6·29선언, 7·7선언을 받아낸 민중역량의 과시가 원동력이 되었다.

80년대에 특히 대필할 사항은 김세진, 박종철, 조성만 등 150여 명의 열사들이 조국의 해방과 민주화, 반외세 통일을 위해 분신, 할복, 고문사, 타살, 투신, 의문사 등으로 항거 부활했다는 사실이다.

이는 일찍이 인류사에 없었던 세계사적 혈사(血史)다. 그만큼 이 나라 군사독재는 역사와 민족을 거스른 악독한 죄악을 저질렀다. 그들은 이미 사살됐거나 감옥에 갇히거나 단죄받았다. 누가 뭐래도 역사는 사필귀정, 바른 길로만 가는 것이다.

80년대의 민족민중시는 계급대립과 민족해방의 양면, 이른바 PD파와 NL파 입장에서 고찰할 수 있다. 이 두 입장은 대립 모순되는 것이 아니라 기차의 좌우 양 바퀴 내지는 앞뒤 양 바퀴와 같이 서로 협조 조절할 성질의 것이다. 통일시의 입장에서 볼 때 굳이 선후 순서를 따진다면 우리 남한의 실정으로는 NL이 선행되어야 한다고 본다.

1980년대에는 참으로 민중시의 봇물이 터진 연대였다. 수많은 반외세 반독재 민주화 투쟁시와 노동해방시가 쏟아져 나왔고, 분단선 철폐를 주장하고 남북화해와 재상봉을 요구하는 목청 높은 통일 투쟁시들이 분류했다. 민중시와 통일시는 양적으로는 엄청나다. 민중시는 화산폭발의 기세로 메시지 전달이 위주였기 때문에 좀 길고 거친 것이 사실이지만 민중적이고 민족적인 역사적 사명은 충분히 다했다고 보아진다.

80년대 민족민중문학은 1920년대 후반에서 1930년대 중반까지의 카프문학의 재현이라고 볼 수도 있다. 카프문학의 폭로 고발 타도의 대상이 일제와 민족 배반자들이었다면 80년대 민족민중문학의 표적은 미국의 경제력 지배와 친일·친미 군사독재세력이었다. 카프가 계급타파와 민족의 해방독립에 중점을 두었다면 민중문학은 노동해방과 분단종식, 통일독립에 주안점을 두었다.

▶ 지도놀이

고은

악아 이게 우리나라란다
중국보다 작지?
그래 여기 이 대만보다는 크다
여기가 우리 사는 동네지
그래 서울이란다
그래 그래 우리 악아
다섯 살배기 우리 손녀 순이네 동네지
당산동? 그런 건 그냥 서울이라고만 되었구나
동네까지 넣으려면 벅찰 테니
참 이쯤은 추석 때 우리 순이도 다녀온 데야
할머니 묻힌 데 말이다
그래 충청남도 홍성이지
여기에는 안 적혀 있구나
서울보다 쬐그만 해서 그래

악아 여기는 평양이란다
그래 아직 못 가는 데야
대동강이란 큰 강이 있단다
이게 그 강이야
그래 할아버지는 옛적에 가봤다
거기 가서 달밤에 냉면도 술도 먹었다
그렇지 이 할애비는 맨날 술타령이지
잘못했구나
할머니도 없고 대동강에도 못 가니 그렇구나

그럼 그럼 여기서도 우리 동포 살지
우리말 하고 우리 옷 입고 살지
안양유원지 장난감 총 표적
그 도깨비 아니지
우리하고 똑같지 똑같다마다
그래 몇십 년 동안
평양사람 서울에 못 온단다
서울사람 평양에도 못 간단다
서로 그렇지
그러나 내일 모레나 언제나
꼭 오고가고 한 나라 된다
되구말구
암 되구말구

여기가 압록강이다
뗏목 사공노래 밤새도록 들렸지
저 멀리 높은 곳 백두산에서
나무 베어 뗏목으로 떠내려오지
그러면 여기 이 강계 제재소에서 건져가지
여기는 묘향산이다
천리도 단숨에 달린다는 범이 산단다
밤에는 범 눈 뜨면 온 산이 환해진단다
어흥어흥 울면
우리 아기 순이도 울음 뚝딱 그치지

여기는 두만강이다
그래 아빠가 술 취하면 부르는 노래

두만강 푸른 물에가 여기란다
아빠는 술 마시고 그 노래 부르지만
옛날에는 독립군이 싸움터 가며 불렀단다

독립군이 뭐냐고
그건 왜놈한테 빼앗긴 나라 찾는 군대야
옛날 옛적
왜놈들이 우리 땅 다 삼켰을 때
쫓기고 쫓겨 이 강을 건넜단다
건넌마을 삼만이네 증조할아버지도 건너갔지
그래 북간도란다
여기가 우리 조상 옛땅이란다
북간도 가서 논밭 일구어 살았지
거기서 독립운동했지
안중근 의사 이등박문을 쏴 죽이는 연습도 했지
총 가지고 말도 타고
왜놈 군대 쳐부수기도 했지
밭에서 일하다가도 총 들고 싸웠단다

악아 여기가 원산이다
해당화 핀 모래밭이 좋지
그럼 그렇구말구
할아버지도 가봤지
그래
네가 그렇게 말할 줄 알았구나
여기도 평양처럼 못 간다
왜 못 가느냐고

두 동강 허리가 잘렸으니 못 간다
이태껏 서로 으르렁대고만 있단다
그래 꼭 가야 하구말구
그래 꼭 와야 하구말구

그렇구말구 꼭 하나가 되어야지
네가 옳다
우리 손녀 순이야
너는 커서 평양 총각한테 시집가야지
할아버지도 그때까지 살면
너한테 가봐야지
옛날옛적 냉면도 먹어봐야지
그래 남북통일이 바로 그거란다 그거
악아 이렇게 작은 나라지만
중국보다 왜놈보다 월남보다
호주보다 태평양보다 작지만
통일되면 우리는 제일 힘있지
힘이란 싸움이 아니라 평화란다
악아 악아 너는 꼭 평양으로 시집가야지

(1981)

　시는 한 가지 주제를 여러 가지 각도에서 다룰 수 있다. 서
정적으로 서사적으로 노래할 수 있고 계몽적으로 교훈적으
로 혹은 고발적으로도 쓸 수 있다. 서사적으로 쓸 때 압축된
묘사로만 쓰느냐 아니면 문답이나 대화형식으로 쓰느냐 등
시기, 장소, 상황에 따라 자유자재로 바꿀 수 있다.
　고은 시인의 「지도놀이」의 경우, 남과 북의 통일을 갈망하

는 심정을 나타내는 데 있어서 시인은 할아버지가 지도를 펴놓고 어린 손녀에게 이북의 지명이나 강, 산 따위를 가리키며 하나하나 차곡차곡 설명해 주는 방식을 택했다. 구성의 묘가 놀랍다. 이는 시작에 있어서 특이한 구성으로 아주 구체적이요 효과적임을 알 수 있다. 어린 손녀에게 남과 북은 핏줄이 같은 한 형제이니까 통일을 해야 된다고 아무리 목청을 높여 봤자 아이에게 얼마나 먹혀들어가겠는가.

분단 56년을 맞는 오늘날 '남북의 언어문화의 이질성' 운운하지만 시「지도놀이」의 입장에서 볼 때 그런 걱정, 기우 따위는 끼어들 여지가 없다. 이 시의 마지막 연 마지막 행 "악아 악아 너는 꼭 평양으로 시집가야지"라는 표현은 통일의 당위성, 필요성, 급박성을 가장 알아듣기 쉽게 풀이한 절창이 아닐 수 없다.

▶ **타는 목마름으로**

김지하

신새벽 뒷골목에
네 이름을 쓴다 민주주의여
내 머리는 너를 잊은 지 오래
내 발길은 너를 잊은 지 너무도 너무도 오래
오직 한 가닥 있어
타는 가슴속 목마름의 기억이
네 이름을 남 몰래 쓴다 민주주의여

아직 동 트지 않은 뒷골목의 어딘가

발자욱소리 호르락소리 문 두드리는 소리
외마디 길고 긴 누군가의 비명소리
신음소리 통곡소리 탄식소리 그 속에 내 가슴팍 속에
깊이깊이 새겨지는 네 이름 위에

네 이름의 외로운 눈부심 위에
살아오는 삶의 아픔
살아오는 저 푸르른 자유의 추억
되살아오는 끌려가던 벗들의 피묻은 얼굴
떨리는 손 떨리는 가슴
떨리는 치떨리는 노여움으로 나무판자에
백묵으로 서툰 솜씨로
쓴다.

숨죽여 흐느끼며
네 이름을 남 몰래 쓴다
타는 목마름으로
타는 목마름으로
민주주의여 만세

(1981)

민주주의(democracy)란 말은 본시 고대 희랍(그리스) 도
시국가 운영과정에서 생겨난 말로 다수주의란 말로 바꿔놔
도 무방하다. 그러나 군주정체 아래에서는 이 말이 용납될
수 없었기 때문에 동서양을 막론하고 오랫동안 이 말은 실
용되지 못했다. 따라서 일제식민지 치하에서는 이 말이 용납
될 수 없었던 것은 뻔한 일이었다.

8·15해방과 동시에 민주주의란 말은 비로소 신문지상에 등장하고 사람들의 입에 오르내리게 되었다. 당시 박치호(朴致浩)라는 진보적 철학자가 유명한 링컨의 '인민에 의한, 인민을 위한, 인민의 정치'를 곁들여 민주주의란 낱말을 해설하느라 바빴던 것을 본 기억이 새삼스럽다.

8·15해방 직후 미군정이나 이승만이 무단정치 독재정치를 하지 않고 참된 민주정치를 폈더라면 우리나라는 분단되지 않았을 것이고, 박정희가 5·16쿠데타를 일으키지 않았더라면 우리의 남북 통일은 진작 이루어졌을 것이다.

김지하 시인의 민주주의를 갈망하는 「타는 목마름으로」라는 시는 박정희의 군사독재에 시달리다 못해 토해낸 절창이다. 김지하 시인이 두번째 감옥에서 풀려난 80년 봄에 쓴 것으로 기억된다.

시 제1연은 민주주의 싹은 모조리 잘라놓고 억압의 칼날만 번뜩이는 군사독재를 고발했다.

제2연은 민주인사, 애국인사를 잡아가느라 미쳐서 날뛰는 폭압의 광경을 묘사하고 그 비참한 결과에 대한 회한과 분노를 터뜨렸다.

그리고 마지막으로 민주주의에 대한 뜨거운 갈망을 피목청으로 호소했다.

다시 말하거니와 진정한 민주주의가 실천되었더라면 미군은 진작 철수할 수밖에 없었을 게고 악명 높은 국가보안법도 설 자리를 잃었을 것이다. 결론적으로 거듭 말한다면 진정한 민주주의가 실천되었더라면 남과 북은 진작 통일되었을 것이다. 한데 분단 56년이라니, 할말을 잊는다.

▶ 휴전선

이영진

어느 날 보이기 시작했다.
인생이 죽음이다 싶을 때, 이상하게도
휴전선이 보였다.
책상 위에도, 거울 속에도, 재털이 위에도, 밥상이나
내 막막한 가난 위에도
휴전선이 보였다.

휴전선의 철조망은
내 목숨을 따라 끝없이 이어지고 있었고
그것은 내 목숨의 한계였다.
내 일상의, 내 꿈의
더 나아갈 수 없는 한계였다.

하늘에도 휴전선은 가득 펼쳐져 있었고
나는 하늘을, 그 한계를
그 넘어갈 수 없는 슬픔을 고개를 젖히고 바라다보며
눈물이 났다.

깊은 하늘 속에서는
자꾸 맑은 눈물이 솟아났고
휴전선의 저 끝
저 끝에서 오는 찬란한 눈물

난 내 목숨을 넘어, 밥상과 가난을 넘어

펄럭이는 성조기를 넘어, 한없이
한없이 차오르고 있었다.

다시 눈을 뜨고 바라다보는
이 세상의 모든 것들은
일제히 제 낡은 이름을 지워버리고 있었다.
푸른 가을 하늘 밑에는
아무것도 이름이 없었다.
휴전선도 꽃도 바람도 무덤도
나를 가두어버리는 쇠창살도
그곳에는 마침내 아무 이름도 없었다.

남으로도 북으로도
그저 이름도 두려움도 모르는 빛나는
땅이 보이기 시작했다.

(1982)

　우리는 앞에서 박봉우 시인의 「휴전선」을 읽었는데 지금은 후배 이영진 시인의 또 다른 「휴전선」을 읽는다. 박봉우 시인은 1956년 23세 때 썼고, 이영진 시인은 1982년 27세 때 썼다.

　박봉우 시인은 휴전선이 생겨난 사실에 비분강개하고 한사코 못마땅해 천동 같은 화산이 터질 것을 기대한다. 그러나 그때로부터 26년 후인 1982년 이영진은 휴전선을 하나의 기정사실로 받아들이며 휴전선이 가져다준 고통, 상처, 피해, 한계를 열거한다. '인생이 죽음이다 싶을 때, 휴전선이 보였다'고 고백한다. 즉 휴전선은 죽음, 민족의 죽음과 같은 무서운 존재라는 뜻이다. 이것은 궁극적으로 민족의 삶을 죽여 놓는다는 시인의 절규다. "책상 위에도, 거울 속에도, 재털이 위에도, 밥상이나 내 막막한 가난 위에도 휴전선이 보였다"는 것은 시인의 일상생활 전체 구석구석에까지 휴전선은 원인 제공자가 되어 답답하고 짜증나고 괴롭고 한숨과 눈물이 터지게 한다는 뜻이다.

제2연에서 시인은 "휴전선의 철조망은" "내 목숨의 한계였다"고 비참한 고백을 한다. 휴전선이 있는 한 더는 살아갈 수 없다는 뜻이다.

제3연에 가서는 "그 넘어갈 수 없는 슬픔을 고개를 젖히고 바라다보며 눈물이 났다"고 썼다. 갈 수 없는 이북땅에 대한 눈물, 분단의 슬픔에 대한 이 눈물은 얼마나 값진 것이냐. 8·15세대도 6·25세대도 아닌 전후세대, 즉 철저한 반공교육을 받은 반공세대가 흘리는 눈물의 의미를 감개 깊게 새겨 본다. 필자는 반공의 폭풍 속에서도 인간의 총명한 지혜와 올바른 깨달음에 대해 대견함과 고마움을 금치 못한다.

시인은 마지막으로 "남으로도 북으로도 그저 이름도 두려움도 모르는 빛나는 땅이 보이기 시작했다"는 모든 것을 초극하고 도달한 혁명적 이미지 창조로 끝을 맺었다. 남도 북도 삼천리는 하나요 조국은 하나다는 강한 열망을 토로한 것이다.

보통 시인들은 38선의 반역사성, 반민족성을 지탄하면서 그 철폐를 주장하든가 통일의 정당성이나 필요성을 형상화하는 것이 일반적 작법이다. 그런데 이런 작법에 매달리지 않고 38선 따위는 아예 안중에도 없다는 듯 태연한 표정으로 원산이나 평양의 친척들과 전화통화를 하는 시인이 있다. 또

신조선땅을 마치 자기 고향마을이라도 다녀온 듯이 천연덕
스럽게 소감을 토로하는 형식으로 시를 쓰는 시인이 있다.
그는 바로 고형렬 시인이다. 우선 그의 「신조선」과 「백두산
안 간다」를 감상해 보자.

▶ 新朝鮮

고형렬

　　내가 그 나라를 갔다 왔는데
　　자유롭고, 균등하고, 맑고
　　우리보다 잘살고 있었다.
　　죽음의 나라가 아니었다.
　　어른과 부인들은 흰 옷과 검은 옷을 주로 입었다.
　　아이들은 모두 비슷비슷해
　　나무 그늘에서도 눈이 초롱초롱 빛나고
　　입술은 조용히 다물고 있었다.
　　천재로 모두 보이는 것은 통일된 전체의 사상 때문이다.
　　외모나 행동이나 신발이나 쓰고 있는 모자까지
　　2층 건물도 한두 채 보였지만
　　모두 1층집들이 그 농어촌에 있었다
　　그때가 아침이었다.
　　서로 인사하며 가볍게 스쳐 지나가는
　　어느 큰 공회 밖의 개울녘에서
　　나의 그날 꿈이 시작됐다.
　　내가 생각하던 그 나라의, 한 마을의 모습!
　　축구장만큼 넓은 바닷가의 신작로에

우리가 부럽지 않은, 하얀 집과 차별 없는 굴뚝들
그곳은 '앞으로 올 때'였다.
그때 나는 골목마다 높이 자란
미루나무와 방울나무와 상수리나무와,
자연을 죽이지 않아 학이 날고 내리는
거센 꿈으로 엉겨 뻗은
팽나무와 용혈수[1]의 마을에서
환심과 고통과 이해와 젖은 지전의
어두운 비인간적 고향으로 돌아왔다.
그곳은 썩고 복잡하고 소란했다.
인간도 환경도 삶도 방식도
본질도 형식도 내용도
그러나 왜가리 부리 무서워 뛰는 논물길의 붕어, 개구리!
서편 울창한 숲 안에 숨은 듯한 학교는
마을의 선창, 묘목장과 역, …들과 떨어져 있지 않았다!
죄지은 자는 이웃이 죽인다는 말과
학생들이 사격하는 총소리가 내 귀에 들려왔다!
그리고 평화롭다. 잘난 사람도 부자도 없다
재능과 정서와 사상은 깊숙이
그들의 몸과 마을 안에 숨어 있다.
갑자기 '소리'를 지르고 싶었다.
'그렇구나!' 사회가
어떠한 풍토의 시간인지를 나는 알 수 있었다.
전자오락실은, 술집여자는, 가등은, 빌딩은
마을에 보이지 않는다.
얼마 전이었음에도
그들 주머니에는 돈이 들어 있지 않다.

다른 무엇이 중심임을 직감했다.
돌아오는 나를 꿈꾸는
지옥서 잠든 나를 보고
그 몸 속으로 들어가면서
더럽게 쿨쿨거리는 핏소리에
새로운 계약을 내가 생각했다.
앞으로 진실이 전해지며 자유가 올 것이다[2]!
사상과 정서가 생활이 된
그 고장은 자유롭고 조용하고 단순하며, 깨끗하다
숲속 빨간 길의 하얀 건물들 마을
고동색 살결, 희고 검은 의복!
침묵해도 들려오는 그들의,
깊은 물결소리는
고향 친구들아 옛 친구들아
새로운 노래로 들린다.

(1982)

1) 상징으로 보였다.
2) 자유가 없다고 느껴졌다.

「신조선」을 읽다 보면 자본에 오염되지 않은 예스러운 고풍 마을로 한번 다녀오고 싶은 충동을 받는다. 평화로운 농경사회에 대한 동경이다. 작자는 꿈속에서 이쪽저쪽을 왔다 갔다하며 자신의 이상향을 펼쳐보인다.

▶ 백두산 안 간다

고형렬

원산에서 어물점을 차리고 있는 매제가
오는 가을엔 백두산 가자고
금년 경칩날 새벽같이 전화를 했었는데
지난 말복 한밤중에 전화가 또 왔다.
전화를 새로 놨나 백두산은 가을이 좋다고
그 전엔 나 자신이 참으로 그랬다.
만사를 버리고 가겠다 했지만
지금은 사업이 바빠 못 가겠다, 그렇게 잘라서 말했다.
피서철에 돈벌이가 좋았는지
그래서 함경도 아바이를 닮아가는지 목소리가 좀 들떠 들렸는데
제대로 미치어 간다는 생각이 들었다.
참 원없는 세상이 되었다.
세계일주 해도 못 가던 곳 아닌가.
속으로 이듬해나 가지 하면서
다른 사람이나 알아보라면서 그 사람
인간성을 생각해 보았다.
또 평양에서 오늘 아침, 포목점을 하는 숙부도 백두산 가자고
서울 조카에게 장거리전화를 걸었다.
해주를 가는 길에 역에서 건단다.
그러면서 시간이 나면, 일이 빨리 끝나게 되면
서울을 들르겠다 하시는데
내가 거길 가느니 속초나 갔다오겠다고
일본 영국 미국을 생각하며
난생 처음 코웃음을 쳤다.
인젠 언제 가면 못 갈까
그러면서 두 양반이 호랑이 담배 먹던 80년대를,
올챙이적 운운하면서 들먹일 것 같은데

그러면 섭섭키가 한정이 없을 것 같았다.

(1982)

이 시에서는 삼팔장벽이나 철조망 따위는 애당초 안중에 없다. 분단 이전과 마찬가지로 거침없이 전화 대화를 주고받는 모습이 참 부럽다. 확실히 일반적 시상은 뒤떨어졌고 낡았다는 실감이 드는 새롭고 신선한 기법이다.

백두산과 천지는 우리 백의민족의 정신적 고향이자 근원이다.
백두산!
천지!
그 이름만 들어도 가슴이 설레이는 저 겨레의 성산, 성지를 원수의 삼팔분단선 때문에 지난 반백년 동안 우리는 한 번도 가보지 못했다.
1992년 중화인민공화국과 국교를 튼 이후에야 남쪽 관광객들은 북경이나 연변을 거쳐 남의 땅에 서서 꿈에도 그리던 그 조종 성산을 바라볼 수 있게 되었다. 필자도 1995년 7월 하순 중국땅을 돌고 돌아 천지가에 다달아 백두산 장군봉을 쳐다보고 천지를 내려다보며 경건하고 영험한 기분에 사로잡혔다. 무한히 기뻤고 무한히 서글펐다. 백두산을 찾는 수많은 남쪽 관광객들도 똑같은 심정이었을 것이다.
백두산에 대한 시를 쓴다는 것은 우리 겨레의 근원을 노래한다는 말이요, 아득히 먼 조상님들의 드높은 기상과 원대한 개국정신을 노래한다는 말이다. 따라서 백두산을 노래한다는 것은 애국애족의 근본이 되고 통일을 열망하고 성취시키려는 힘찬 첫째 목소리라고 말할 수 있다.

  그 백두산과 천지를 신경림 시인은 어떻게 노래했는가. 한
번 들어보자.

▶ **하나가 되라, 다시 하나가 되라**
  －천지의 푸른 물을 보면서

신경림

  이 짙푸른 물 속에는
  말발굽 소리 말울음 소리가 들린다
  만주벌 넓은 땅을 가르던
  아우성 소리 창칼 소리가 들린다

  저 높은 바위에서는
  노랫소리 울음소리가 들린다
  달밤에 무리지어 하늘 땅을 찌르던
  큰 몸짓 웃음소리가 들린다
  옛조선적 고구렷적 다시 발햇적
  우리네 조상님네의 사랑얘기가 들린다

  저 하늘은 우리 것이다 저 벌판
  저 산 저 물은 우리 것이다
  말발굽 소리 아우성 소리 노랫소리
  저 큰 웃음소리는 우리 것이다
  정겨운 저 사랑얘기는 우리 것이다

  석달 열흘 불어치는 모랫바람도 재우고

높은 산 깊은 골의 나무 풀도 떨게 하던
저 억센 기상은 우리 것이다
찬 서릿발 단숨에 녹이고
언 땅에 새파란 풀 돋게 하던
저 따스운 숨결도 우리 것이다

저 짙푸른 물 속에서는
한숨소리가 들린다
그 아우성 그 큰 웃음 다 버리고
여기 반도의 한구석에 나앉아 웅크린
어느새 우리는 못난 후손이 되었구나

저 높은 바위에서는
울음소리가 들린다
찢고 째고 갈라져서 어리석게도
남의 총 들고 서로 눈흘기는
어느새 우리는 미욱한 후손이 되었구나

언제부터 우리는 저 하늘을 버렸는가
저 산 저 물 저 바위를 버렸는가
내 조상님네 피와 땀이 밴
저 넓은 땅을 버렸는가

언제부터 우리는 이토록 작아졌는가
이토록 약해졌는가 이토록 어리석어졌는가
언제부터 우리는 이토록 비겁해졌는가

조상님네 말발굽 아래 기를 못 펴던
이웃들의 눈치를 오히려 살피면서
형제끼리 서로 총 겨누고
친구끼리 서로 주먹질하며
돌아서서 원통한 눈물만 흘리는가

살아남기 위해서는 어쩔 수 없다고
우리가 가진 것은 한과 눈물뿐이고
비겁한 한숨으로 스스로를 달래며
돌아서서 분노의 주먹만 떠는가

저 넓은 땅 저 가없는 하늘
저 높은 산 큰 바위가 모두 네 것이라는
조상님네의 자랑스런 타이름에
귀를 막게 되었는가

하나가 되라 하나가 되라
옛날 그 옛날의 고구려 쩍으로 돌아가
하나가 되어 손잡고 춤추라는
서로 부둥켜안고 큰 울음 울라는
피맺힌 한 말씀에 귀막게 되었는가
언제부터 이토록 작아졌는가

저 짙푸른 물 속에서는
울음소리가 들린다
저 큰 바위에서는 통곡소리가 들린다
말발굽 소리 아우성 소리 노랫소리

큰 웃음소리가 들린다

하나가 되라 하나가 되라
다시 하나가 되어 손잡고 춤추라는
조상님네의 간곡한 한 말씀이 울린다
몸에 붙은 때와 얼룩 다 씻어내고
몸에 걸친 누더기 벗어던지고
알몸으로 다시 하나가 되라는
조상님네의 간곡한 한 말씀이 들린다

(1983)

신경림 시인의 시치고는 파격적으로 긴 시다. 또 종래의 그의 시에서는 볼 수 없었던, 호흡도 크고 목청도 굵고 우렁차다. 신 시인의 시가 왜 이렇게 변모했는가를 살펴보는 것도 흥미롭지 않을까 한다. 이 「하나가 되라, 다시 하나가 되라」는 1985년 4월 禾多에서 발행한 『해방의 노래 통일의 노래』에 실려 있다. 따라서 이 시가 씌어진 것은 1985년 2, 3월로 추측된다. 이 시기 남쪽 사람으로서 백두산을 직접 본 사람은 한 사람도 없는 때인 만큼 신 시인은 당시 나돌던 선명한 천지 사진을 보고 이 시를 썼으리라고 짐작된다. 필자도 당시 영험한 기운이 감도는 짙푸른 천지 사진을 보고 깊은 감명을 받은 기억이 난다.

앞에서도 말했지만 이 시기는 80년대 민중시가 본 궤도에 들어선 시기인 만큼 신경림 시인의 시가 길어지고 목소리가 높아진 것도 지극히 당연하다고 본다.

그러면 이제부터 시 「하나가 되라, 다시 하나가 되라」의 구성이나 전개과정을 살펴보자.

  1연부터 4연까지는 고조선적, 고구려적, 발해적 만주벌 대륙 영토를 한품에 안고 천하를 호령하던 조상님들의 크고 높은 기상을 도도한 목청으로 노래했다.

  5연에 가서는 1연에서 "이 짙푸른 물 속에서는 / 말발굽 소리 말울음 소리가 들린다 / 만주벌 넓은 땅을 가르던 / 아우성 소리 창칼 소리가 들린다"고 했다. 그것은 "그 아우성 그 큰 웃음 다 버리고 / 여기 반도의 한구석에 나앉아 웅크린 / 어느새 우리는 못난 후손이 되었구나"라고 시인은 한탄하고 분노한다. 이것은 조선의 세종 때 북쪽 국경이 압록강과 두만강 안으로 좁혀진 역사적 사실을 가리킨다.

  여섯째 연에서는 조선 후기의 당쟁과 일제식민지 시기 그리고 무엇보다도 8·15해방 이후의 외세에 의한 남북 분단으로 형제가 서로 총을 맞대고 흘기고 피흘리는 민족의 비극에 대해 시인은 분통을 터뜨리고 회한에 젖는다.

  7연부터 10연까지는 반문 형식을 통해 작아지고 비겁해진 오늘의 우리 후손들을 질타하고 반성을 촉구한다.

  마지막 3연에서는 '그 옛날의 고구려적으로 돌아가 하나가 되어 손잡고 춤추라'는 선열들의 말씀을 상기시키며 "하나가 되라 하나가 되라"고 시인은 되풀이해 간곡히 절규한다.

  신경림 시인의 백두산 천지 시는 그 제목부터 '하나가 되라, 다시 하나가 되라'고 했듯이 반복의 효과를 충분히 활용하고 있다. 그만큼 남북 통일을 열망하는 시인의 간절한 심정이 잘 나타나 있다. '하나가 되라, 다시 하나가 되라'.

  38선의 획정에 대해서 알아보자. 당시 미 국무장관 애치슨의 회고록을 읽어보면 38선 획정의 최초 입안자는 미 육군성 참모진 딘 러스크 대령(뒷날의 국무장관)과 찰스 본스틸 웰

대령(뒷날의 한국주둔군사령관)이었다.

회고록을 읽어보자.

"일본이 갑작스럽게 붕괴하자 조선반도에 상당히 많이 남아 있던 일본 군대로부터 항복을 받는 일이 더 급해졌다. 얼마 전에 중국의 임지로부터 돌아와 국방성에 귀임했던 청년 장교 딘 러스크 대령은 38선이라는 편리한 행정적 경계선을 고안했다. 이 경계선 이남에서 미국은 항복한 군대를 송환하기 위해 인천항과 부산항을 이용할 수 있다. 이 제안은 대통령과 스탈린에게서 수락되었고, 1945년 9월 2일 맥아더 장군의 일반명령 제1호서 공포되었다."

러스크는 자신을 38선 탄생의 목격자라고 불렀다.

삼팔선에 관한 역사적 고찰을 시도한 필자의 졸시 「三八線」을 소개할까 한다.

▶ 三八線

이기형

섬나라 사람에 짓눌린 목숨.
어디 휘두를 칼자루나 있었답디야.
손때 밴 무명지갑은 텅빈 털털이
언 땅 파헤치고 칡뿌리 캐던
내 꾸부정 손마디 그러쥐고 지쳐 떨어진 밤
늘어진 어매는 도라지 더덕 캐던 여름내 입성대로 꼬부랑잠
깊이 들었었제.

천구백사십오년 초봄께.
알타라구 그려.

나 몰래 너 몰래
허릴랑 칼질당한 거여.

무서운 중병 헉헉 앓으면서레두
엽때 살아남은 건
낭림산맥 태백산맥
굵직한 뼈대 천만년 내리달린
그 우람한 통뼈 때문이라요.
대동강 한강 이 굽이 저 굽이 늠실늠실
조상님들 넋 끊이지 않고 살아 흘러옴이라.

우리 내 땅이라 혀도 지구 밖보다 먼 남과 북이란가.
마주보곤
한숨소리만 허공에 메아리질 뿐
발구름은 천년바위가 삼켜
통 대답이 없다냐.

병세 그여이 더 도지기 전
정신들 바짝 차려야 헐끼여.

푸시시 덜 깬 잠
산천 좋은 내 땅 깊은 곳
정갈한 샘물 떠내
머리랑 맘이랑 썩들 씻어야 히여.

중병 앓는 모진 목숨 끊이기 전
형제 모두들 얼싸안아야제.
뿌듯이 부둥켜안아야 헤여.

(1983)

38선이 생겨난 역사적 배경과 조국 산하와 민족혼의 의연
함을 일깨워주고 남북 형제의 만남을 호소했다.

▶ **해방 序詩**

김정환

우리는 대대로
푸르디푸른 하늘만을 섬기며 살고 싶었습니다
날새면 해노래 들판에서 평야노래 호미 씻으며 호미노래
우리는 대대로
흰옷에 흙 묻히고 맨발로 사는 순박한 백의민족이고 싶었습니다
봄이면 모심기노래 가을이면 추수노래 보름마다 달노래
그러나 우리의 바다는 피바다
우리의 삶은 피묻은 삶이었습니다
지금 우리들의 노래에는 살기가 묻어 있습니다
젖가슴 같은 어머니 대지 위로 침략의 창칼이 꽂히고
외국산 탱크가 가죽군화가 허리를 짓밟으며
마침내 도려냈습니다
땅에서 솟아나온 피가
우리의 억눌림과 흰옷과 빼앗김과 가난을 적셨습니다
그리고 이제 우리는

허리 잘린 한반도에서 피묻은 목숨 다하며 사는 것입니다
그러나 그것만으로 다는 절대로 절대로 아닙니다
우리는 농토와 양식과 처자와 순결한 삶과
아름다운 추억마저 빼앗겼지만
억눌리면서 희망 의지와
빼앗기면서 구원 의지와
헐벗으면서 가난의 근육 불끈불끈 솟는 힘과
피묻어 처참하게 아름다운 흰옷을 얻은 것입니다
이제 우리가 외세의 침략에 맞서 싸우는 것은
더 이상 빼앗길 무엇이 있어서가 아니라
더 이상 억눌릴 무엇이 있어서가 아니라
더 이상 간직해야 할 무엇이 있어서가 아니라
버림받은 세상을 구원하기 위해서입니다
싸우는 것만이 구원하는 길입니다
해방된 공동체를 위하여 통일을 위하여
우리는 이 두 동강난 한반도에서 피묻은 발 버팅겨
싸우며 명심해야 합니다
우리는 이 땅에 밭갈고 씨뿌리며
이 땅을 우리 아픈 몸의 일부로 삼고
살면서 명심해야 합니다
싸우는 것만이 사랑하는 길입니다
탐욕과 학살의 비린 살점 묻은 쇠붙이 그 위에
물들어 썩은 제국주의의 세상천지이기 때문입니다

(1984)

김정환 시인의 도도한 웅변을 들으니 가슴이 후련하다.
1980년대에 분출한 민중시의 초기 작품이다. 그때 민중시는

내용 전달, 메시지 전달이 위주였기 때문에 이른바 시적 기교 따위는 그리 문제가 되지 않았다. 「해방 序詩」는 읽어 내려가면 그대로 이해가 되는 평이한 시이다. 그렇다고 해서 리듬이나 내재율이 없는 것은 아니다. 이 시 역시 굽이치는 도도한 리듬을 가지고 있다. '해노래 평야노래 호미노래'가 그것이다.

작자는 파아란 조국의 하늘 아래 삼천리 금수강산에서 순박한 조상 흰옷 할아버지들의 농경사회를 동경해 마지않는 심정 토로로 시를 시작했다. 그러나 "침략의 총칼이 꽂히고 외국산 탱크가, 가죽군화가 허리를 짓밟으며 마침내 도려냈다"고 분노한다. "농토와 양식과 처자와 순결한 삶과 아름다운 추억마저 빼앗겼지만" 희망의지 구원의지가 불끈불끈 솟아 "버림받은 세상을 구원하기 위해" "해방된 공동체를 위하여 통일을 위하여" 싸운다고 했다. "탐욕과 학살의 비린 살점 묻은 쇠붙이 위에 물들어 썩은 제국주의의 세상천지"와 싸우는 것만이 겨레사랑의 길이라고 목청 돋우어 일깨워 준다.

▶ **통일로 · 4**

고광헌

지난밤 비에 젖은 통일로 코스모스
십여 년 전 이 강산 그 모든 혈육 속이러 오르내리던
긴긴 차량행렬 오늘 또다시
마른 목 빼어 바라보아야 하고
억장 무너져 낮게 낮게 가라앉은 하늘

만날 수 없어 지천으로 떠도는 남과 북의 바람 흐느껴 울고
부끄러웠다
1984년 9월 29일

아침 출근 후 교무실에서는
오랜만에 찾아온 3일 연휴가
텔레비전 프로와 교외 나들이를 붙잡아 매어놓고
프로야구와 올림픽경기장 개막행사가
우리들의 수업, 우리들의 죽어가는 말들의 행간 속으로
웃으며 손짓하고
부끄러웠다
 1984년 9월 29일

이날따라 우리들의 눈 우리들의 귀 우리들의 가슴
모두가 운동장으로 텔레비전 앞으로 거꾸러지게 하고
사십여 년 찢겨 몰매맞은 이 땅 그 어느 구석에도
관청에도
학교에도
야당 당사에도
이북 오도청에도
행여 우리들의 숨구멍 하나에라도
곰배 든 가슴 뜨겁게 갇혀 살아 흐르는
피돌림을 확인하려 하지 않고
부끄러웠다
1984년 9월 29일

피 가른 혈육 죽지 못해 사는 오랜 결별 앞에

그것이 쌀이 아니다
옷감이 아니다
시멘트, 의약품이 아니다
아! 그것은 추악한 흰손들이 동여맨
묶인 산하, 묶인 심장의 혈관 풀어지는 소리다
그것은 만날 수 없어 미쳐 날뛰던 아우성
써놓은 지 사십 년 된 색바랜 안부편지
꺾인 무릎, 피흘린 가슴
적색선전으로 흑색선전으로
이 땅의 이름으로 죽은 자들의 혼례의 나팔소리다
부끄러웠다
1984년 9월 29일
통일로가 가까운 우리 학교
순결한 가슴들과 달려가고 싶었다
노예수업 팽개쳐 버리고 달려가고 싶었다
이 땅 이 산하 목죄이는
흰손들의 논리 갈기갈기 찢어버리고
빈손 빈가슴으로 달려가
그냥 우리가 되고 싶었다
그냥 우리가 되고 싶었다

(1984)

　남북 분단 40년 만에 북쪽에서 쌀, 옷감, 시멘트, 의약품 등
이 온 것은 1984년 9월 29일이었다. 이 역사적, 감격적 사실
을 소재로 고광헌 시인은 「통일로·4」라는 시를 썼다.
　첫연에 "혈육 속이러 오르내리던 긴긴 차량행렬"이라는 표
현은 1974년 7월4일의 역사적 '7·4남북공동성명'을 박정희

가 유신체제 선포로 악용한 사실을 가리킨다. 각연 마지막에
서 "부끄러웠다 1984년 9월 29일"이란 무슨 뜻인가? 남북 분
단, 군사정권의 탄압과 속임수, 북에 대한 악선전에도 불구하
고 쌀이 온 사실에 대해서 민족적, 대승적 입장에서 시인은
'부끄러웠다'고 독백하는 것이다.
  시 어디에도 쌀이 왔다는 직접적인 표현은 없다. 되레 "그
것은 쌀이 아니다, 옷감이 아니다, 시멘트, 의약품이 아니다"
라고 역설적으로 표현함으로써 시적 효과를 더 높이고 있다.
그러면 그것은 무엇인가? "추악한 손들이 동여맨 묶인 산하
묶인 심장의 혈관 풀어지는 소리…"라고 시인은 절규했다.

▶ **만주 할아버지**

박몽구

아직도 부족합니까 우리들이여
아직도 우리의 욕된 과거를 벗어던지기에 부족합니까
1979년 해 설핏한 압제의 최후를 지켜보면서
광주시 문흥동 88번지 암벽에서 본 것은
내 민주정신에 거는 자부심이 아니었다
일시 모든 걸 잃어버린 비애가 아니었다
해 기울고 깡보리밥으로 이른 저녁을 때운 다음
병사에서 들려오는 휘파람소리에 맞추어 쏟아져내리던
고향 생각이 내 전부는 아니었다
매일 운동시간이면 우리와 함께 나와 절름발이 다리일망정
그의 모든 것을 다하여 달리던 칠순의 할아버지
수염이 길어도 깎지 못하고

젊은 교도관들이 반말지꺼리로 부려도
눈 한번 흘기지 않던 만주 할아버지
이빨이 다 삭아 통보리알이 입밖으로 흘러내기 일쑤지만
언젠가는 저 희고 높다란 담 밖으로
꼭 나가리라 다짐하던 독립군 할아버지
백범 김구 선생과 함께 귀국하였다지만
어쩌다 길이 달라 30년이 넘게 통한의 벽을 치던 할아버지
아직도 부족합니까 우리들이여
이 비극을 누가 반갑지 않게 선물한 것인지도 모르면서
아직도 분단의 상처들을 더 깊게 하는가
가슴을 얼어붙이며 눈내리는 날일수록
더 활짝 벗어부치고 온몸을 밀어가던 할아버지
초조해 하거나 헛되이 남에게 기대지 않으면서
성한 사람보다 더 빨리 뛰어다니던 독립군 할아버지
그 통한의 겨울 내가 본 것은 남의 모습이 아니었다
만주로 총자루를 쥐러 떠난 뒤로
아직까지 돌아오지 않는 내 할아버지였다
우리의 화신이었다 부끄러움이었다

(1984)

　박몽구 시인이 이 시를 쓰게 된 동기는 1979년 겨울 광주
교도소에 수감되었을 때 30년간 옥살이하는 70세 독립군 할
아버지를 만나서였다. 그 할아버지는 8·15해방 후 백범과 함
께 귀국했는데, 아마도 6·25전쟁 그 해에 옥살이가 시작됐다
고 판단된다. 절름발이(고문의 후유증이겠지) 독립군 할아버
지의 모습과 성격은, "수염이 길어도 깎지 못하고 / 젊은 교
도관들이 반말지꺼리로 부려도 / 눈 한번 흘기지 않던 만주

할아버지 / 이빨이 다 삭아 통보리알이 입밖으로 흘러내기 일쑤"였지만 "언젠가는 저 희고 높다란 담 밖으로 / 꼭 나가리라 다짐"했고 눈내리는 날에도 활짝 벗어부치고 냉수마찰을 했다. "초조해 하거나 헛되이 남에게 기대지 않으면서" 성한 사람보다 더 활동적이었다.

이러한 모습은 바로 일제시기 독립운동가나 혁명투사들의 옥살이 모습이다.

필자는 시 「만주 할아버지」에서 첫줄 "아직도 부족합니까 우리들이여"에 시선을 모은다. 이 시가 구상된 것은 1979년 겨울이니까 분단 34년째다. 30년이 훨씬 넘도록 통일되지 못한 민족적 비극에 대해서 그 직접적인 책임이 누구에게, 어디에 있다는 것을 따지기 전에 우리 민족 전체의 무능과 부족에 대한 통한의 반성이라고 생각한다. 하물며 이 글을 쓰는 현재는 분단 반세기가 넘었음에랴. 그저 단장의 통한을 되씹을 뿐이다.

박몽구는 이 단장사를 시 속에서 두 번 되풀이해 쓰고 있다. 그만큼 장기분단의 책임을 전민족 앞에 물으며 통일을 위해 분발 헌신할 것을 촉구하는 것이다. 시는 마지막 넉 줄로 바람과 결의가 더욱 절실해진다.

"그 통한의 겨울 내가 본 것은 남의 모습이 아니었다 / 만주로 총자루를 쥐러 떠난 뒤로 / 아직까지 돌아오지 않는 내 할아버지였다 / 우리의 화신이었다 부끄러움이었다"

▶ **용정현 신평촌**

곽재구

잘 가거라 망할 놈의 한 해
눈길을 미끄러지며 늦게 퇴근한
아내 데불고 망년회 간다
춥고 또 추운 세상인데
사치고 낭만이고 양심이고
다 사라진 개꿈인데 홀로 중얼거리며
꽃집에 들러 장미 두 송이
안개 한 묶음 산다

칠 년 만에 귀국한 형수 내외는
아직 잊지 않았다는 듯이 보리냉이 국을 끓이고
일본에서 제일 먹고 싶었던 것이
보리국과 열무김치였다며 술잔을 비운다
경도대학원에서 수석으로 박사과정을 마치고
그곳 대학의 한국사 강의를 싫다 한
이종 형의 귀국 이유를 나는 모른다
술이 오른 형은 하지 않던
문학 이야기와 정치 이야기도 하고
보여줄 것이 있다며 방 구석의 VTR를 켠다

연변 조선인 자치주
용정현 동성향 신평촌
NHK방송이 세밑 프로로 방영했다는 이 필름에는
한글로 뚜렷이 새겨진 자막 위에
낯익은 초가집과 황토 구릉들이
그대로 펼쳐지고 있었다
온돌과 가마솥과 흰 밥과 콩나물과 열무김치

아아 아무것도 변한 것 없이
조선족 조선말 온전히 고스란히 남아서
옹기종기 평화롭게 살아가고 있구나
소원이 있다면 고향에 돌아가는 것
아버지와 어머니의 살붙이를 만나 함께 사는 것
말 끝마다 녹두꽃 이슬이 맺혀 있었다
담장 밑에 두엄더미 그대로 있고
모굿대도 듬성듬성 푸르게 자라던
용정현 신평촌

한번 본 필름을 돌려주고 또 돌려주던
상기된 이종 형의 얼굴을 보며
나는 이종 형의 망년회의 의미를 깨달았다
이종 형이 그립다던 보리국과 열무김치도 깨달았다
어린 조카들이 모인 건넛방에서
우리네 꿈은요 하나
풋풋한 노래 소리가 들려왔다

(1984)

　시의 내용인즉, 이종 형 집 망년회에 다녀온 이야기다. 이종 형은 일본 경도대학교 대학원에서 박사과정을 수석으로 마치고 한국사 강의를 마다하고 귀국한 분이다. 그는 NHK 방송이 제작한 '용정현 신평촌' 필름을 동생에게 보여주었다. "낯익은 초가집과 황토 구릉들이 / 그대로 펼쳐지고 있었다 / 온돌과 가마솥과 흰 밥과 콩나물과 열무김치 / 아아 아무것도 변한 것 없이 / 조선족 조선말 온전히 고스란히 남아서 / 옹기종기 평화롭게 살아가고 있구나"라고 시인은 감탄한다.

이 시에는 직접적으로 통일을 바란다는 표현은 한 군데도 없다. 하지만 지리적으로 아주 가깝고 체제적으로 비슷한 이북땅을 그려보는 심정이 시어 뒤에, 시의 밑바닥에 잔잔히 깔려 있어 독자를 통일로 유도하는 설득력을 갖고 있다. 또 실제로 그 이상의 표현은 허락되지 않은 시기가 아니었던가. 또한 시의 행간에는 우리 공동체 농경사회의 아름다운 광경과 풍습에 대한 동경심이 은은히 배어 있다.

이번에는 양성우 시인의 「쌀」을 읽어보자. 1984년 북한 쌀이 인천항에 도착한 것은 아직도 기억에 새롭다. 시인은 남쪽 쌀과 북쪽 쌀을 휘저어 섞은 다음 "보아라. 이 쌀독 속에 남과 북이 어디 있느냐?"고 반문한다. 천만 번 지당한 말이다.

▶ **쌀**

양성우

쌀을 섞는다. 북에서 온 쌀을 내 쌀독에 붓고
두 손으로 섞는다.
보아라. 이 쌀독 속에 남과 북이 어디 있느냐?
삼천리의 외진 들녘 서러운 농사꾼들
허리 굽혀 땅을 파고 눈물로 거둔
이 흰색의 반짝이는 보석들 사이, 도대체 남과 북이
어디 있느냐?
이미 내 쌀독에, 남과 북을 가르는
철조망도 없고, 전차도 기관총도, 핵무기도 없고,
미국놈도 소련놈도 일본놈도 없다.

쌀은 언제나 쌀이기 때문에
보아라. 쌀 속에 쌀을 섞는다.
북에서 온 쌀을 내 쌀독에 붓고
싯누런 이 손으로 휘저어 섞는다.
길고 험한 세월, 큰 어둠 언덕 위에 총을 겨누며
남의 뜻으로 남들처럼 등돌리고 살고 있지만,
몸 속에 흐르는 피를 어찌 속이랴.
이제 그 누구도,
다 섞인 내 쌀독을 들여다보며
남쪽 쌀과 북쪽 쌀을 나눌 수 없듯이
사람도 만나면 한몸인 것을……
쌀을 섞는다. 북에서 온 쌀을 내 쌀독에 붓고
미친 듯이 두 손으로 휘저어 섞는다.
보아라, 이 쌀독 속에 남과 북이 어디 있느냐?

(1985)

▶ 산 자여 답하라

채광석

산야에 푸르른 새순들은 돋고
진달래는 선홍으로 피어 타오르는데
쑥국새 하염없는 울음 속에
우리들 4월의 혼은 잠들 수 없다

지나간 25년의 세월
하루도 편할 날은 없었다

코쟁이 쪽발이들 감 놔라 대추 놔라 호령하는 소리
이 땅의 똥깨나 뀌고 힘깨나 쓴다는 자들
금방망이 도깨비방망이 제멋대로 휘두르는 소리
이 통에 쓰러진 민주주의 계속 작살나는 소리
농축산물 똥값 임금도 똥값 살 만하면 철거
힘없는 자들 이리 채이고 저리 깨지는 소리
지축을 흔들고 하늘을 찌르는데
어찌 하루인들 편히 잠들 수 있었으랴

잠들 수는 없었다
전태일 김상진 김경숙 김태훈 황정하 박종철이 찾아오고
남도땅 수백 수천의 피투성이들 무더기로 몰려와
통곡하며 통곡하며 하염없이 몸부림치는데
차마 편히 누워 있을 수는 없었다

누워 있을 수는 없었다
쪽발이 코쟁이들아 똥깨나 뀌고 힘깨나 쓰는 자들아
밤마다 뜬눈으로 삼천리 방방골골 정처없이 떠돌며
우리들 가슴속 고단한 쑥국새는 울어예는데
물러가라 물러가라 하염없이 울어예는데
억압과 착취 예속과 분단의 형틀을 부수고
사천만 한데 엉켜 기쁨으로 일하고 기쁨으로 나누고
춤추며 노래하는 그날은 언제인가
이리 채이고 저리 깨지는 자들아
이 땅은 엄연히 그대들의 땅
그날은 언제인가 우리들 젊은 혼은 잠들고 싶다
산야에 푸르른 새순들은 돋고

진달래는 선홍으로 피어 타오르는데

(1985)

채광석 시인은 1980년대 민중문학의 중심인물이다. 그는 1987년 7월 불의의 교통사고로 아깝게도 타계했지만 그가 남긴 「부끄러움과 힘의 부재」「물길처럼 불길처럼」 등의 평론과 「목동 아줌마」「밧줄을 타며」「산 자여 따르라」 등의 빼어난 시는 우리 민중문학사에 길이 빛날 것이다.

살아 남은 자가 해야 할 역사적 민족적 사명을 역설한 시 「산 자여 답하라」는 우리 현대사 한복판을 분류하는 장강이요 도도함이다. 채광석의 굵고 힘찬 호흡이 독자의 가슴속에 팍팍 와닿는다.

1연 마지막 줄에서 "우리들 4월의 혼은 잠들 수 없다"는 것은 1960년 4월혁명 영령들이 부르짖은 반외세·민족·민중·민주·자주통일 강령이 어느 하나도 성취되지 못했음을 의미한다. 2연은 이 나라를 좌지우지하는 외세와 그 외세를 등에 업고 힘없고 죄없는 민중들을 탄압하는 권력자들을 고발한다. 3연은 1970년 11월 노동해방의 불꽃 전태일의 분신으로 시작된 70년대와 80년대의 분신, 할복, 투신, 고문사, 의문사 등 수많은 민주열사들이 통곡하고 몸부림을 쳐 잠들 수 없고 누워 있을 수도 없다는, 즉 투쟁에 나설 수밖에 없음을 일깨워 준다. 4연에서는 반외세·자주·민주화·통일투쟁에 대한 목소리를 한층 높여 "억압과 착취 예속과 분단의 형틀을 부수고 / 사천만 한데 엉켜 기쁨으로 일하고 기쁨으로 나누고 / 춤추며 노래하는 그날은 언제인가"라고 호소한다. 이럴 때 살아 남은 자들은 어떻게 해야 할까를 실천으로 대답해야 한다는 것이다.

시 「산 자여 답하라」는 온 민족, 온 민중이 떨쳐나서 반외세 · 민족 · 민중 · 민주 · 자주통일 투쟁을 전개할 것을 힘차게 깨우쳐 주는 웅변이다.

▶ 조카의 금강산

나종영

지도를 펴보이면서 금강산이
우리나라 산이냐고 아니냐고 물어오는
너에게 나는 할말이 없구나
그곳은 갈 수 없는 땅이고 남북이 갈라져
총구를 들이대고 있어서 가볼 수 없는 산이라고
장난감 총을 머리에 겨누면서
빵빵 쏘아대는 너에게 길게 설명할 수 없구나
조카야, 아직 키가 작아 희망을 간직한
조카야 지난 여름 북에서 실어온 쌀을 보고
나쁜 나라 물건이라고 텔레비전 채널을 돌려버리던
너를 보고 평양이모는 울었다
수재민에게 나누어준 한줌 북한 쌀을 만지작거리며
눈물을 흘리는 이모를 보고 덩달아 너도 울었지만
너는 커서 금강산에 가볼 수 있을까
어디서 주워 배웠는지
공산당은 싫어요 노래를 유창하게 불러대는
여섯 살짜리 어린 네가 나는 섬찟하지만
누군가 너에게 잊어버린 금강산을 가르쳐주었구나
조카야 철이 없이 꿈이 많은 조카야

봄 여름 가을 겨울 네 겨울 금강산의 아름다움을
너에게 입이 닳도록 설명해 보고 싶지만
내금강 외금강 비로봉 옥녀봉 지도를 펴놓고
일만이천 봉 노래 불러보고 싶지만
나는 너에게 할말이 없구나
금강산은 우리나라 산이고
북쪽도 남쪽도 다 우리나라 땅이고
북이고 남이고 모두 다 한 핏줄을 타고난
그리운 형제자매라고 무엇보다 먼저 성급하게 말하고 싶어서
가슴이 타는 나는 너에게 할말이 없구나
분단 40년 이제는 통일이 된 한 나라
통일이 된 한 겨레로
살아가야 할 조카야

(1985)

　이 시에는 평양이모와 여섯 살짜리 조카가 등장한다. 조카는 지도를 펴보이며 금강산이 우리나라 산이냐 아니냐고 물어온다. 평양이모는 38분단선을 사이에 두고 총을 맞대고 서 있는 현 상황에서 철부지 조카에게 설명하기 민망해 한다. 어린 조카는 지난 여름 북에서 실어온 쌀을 보고 "나쁜 나라 물건이라고 텔레비전 채널을 돌려"버린 일이 있다. 그때 평양이모는 울음을 터뜨리지 않을 수 없었다.

　여기서 우리들은 우리나라 반공교육이 어린이들의 가슴을 얼마나 멍들게 했는가를 빼저리게 느끼지 않을 수 없다.

　또 조카는 '공산당이 싫어요'라는 노래를 거침없이 불러대는데, 평양이모는 그것이 또 너무 섬찟하다. 금강산이 세계에서 제일 아름답다고 말해 주고 싶지만 "나는 너에게 할말이

없구나"라고 움추러든다. 왜냐하면 섣불리 잘못 말했다간 이적행위로 국가보안법에 걸리기 때문이다. 그러나 내심으로는 "금강산은 우리나라 산이고 / 북쪽도 남쪽도 다 우리나라 땅이고 / 북이고 남이고 모두 다 한 핏줄을 타고난 / 그리운 형제자매라고 무엇보다 먼저 성급하게 말하고 싶어서" 가슴이 탄다.

시는 마지막으로 다음과 같은 말로 통일을 열망한다.

"분단 40년 이제는 통일이 된 한 나라 / 통일이 된 한 겨레로 / 살아가야 할 조카야"

▶ **호박꽃**

나해철

꽃 중의 꽃이라 서슴없이 부르겠다
두엄가 토담 위의 노오란 네 꽃잎을 보면
박토이건 음지이건 한데서도
횃불처럼 타오르는 너를 보면
배시시 웃으며 형제들의 얼굴로
피어 있는 너를 보면
꽃 중의 꽃으로 네가 아름답다
간 밤의 돌개바람과 장대비 속에서도
살아서 새벽 속에 싱그런 너를 보면
뜨거워지는 가슴
산맥과 평야가 열리고부터
이 땅의 후미진 곳에서 수천 년을 죽지 않은 너는
여린 줄기로 땅을 덮고 지붕을 건너 감나무를 타고 오른다.

너는 철조망과 장벽을 오르고
분계선을 건너 달리고 부드러운 새 생명을 낳는다
밟히면 이지러지는 살덩이로
그러나 결코 죽지 않는 정신의 너는
샘물처럼 이 땅의 어디에서나 솟아나
노오란 네 꽃잎을 펼친다
평남 강서군 초리면 필리 안씨댁 돌담 위의
빛살처럼 밝고 고운 얼굴
만주 길림성 집안 통구 한인 자치구
고씨네집 남쪽 뜨락에 몇천 년 지지 않고 열리는 너는
그리운 형제의 얼굴
청계천 6가 평화시장 옥상에
살아서 열매 맺는 너는 꽃 중의 꽃
쇠보다 강하게, 불보다 뜨겁게
웃고 있는 형제들의 얼굴

(1985)

참으로 아름다운 시다. 두말할 것도 없이 호박꽃은 우리나
라 토종꽃 중의 토종꽃으로 가장 한국(조선)적인 꽃이다. 호
박이 우리 농민의 투박한 성격을 표상한다는 데에 대해 이
의를 제기할 사람은 없을 줄로 안다.

이 시가 아름다움이 살아 약동하는 근거는 "너는 철조망과
장벽을 오르고 분계선을 건너 달리고 부드러운 새 생명을
낳는다"와 "평남 강서군 초리면 필리 안씨댁 돌담 위의 빛살
처럼 밝고 고운 얼굴"과 "만주 길림성 집안 통구 한인 자치
구 고씨네집 남쪽 뜨락에 몇천 년 지지 않고 열리는 너는"이
라는 시구 때문이다. 다시 말하면, 일찍이 우리 민족이 웅비

하던 전지역에 걸쳐 호박꽃은 그 자태를 환희 나타낸다는 뜻이다. 시「호박꽃」은 남북 통일의 필요성, 절대성을 아주 잘 상징해 냈다.

▶ 만 남

이만주

　　만날 수 있을 테지
　　틀림없이 만날 테지
　　산 넘고 물 건너 파도 소리 찾아
　　가노라면
　　작은 섬 큰 섬이 보이겠지
　　먹쇠 누나도 준기 여동생도
　　여태 살아 있을 테지
　　얼음이 녹고 김이 모락나는 손을 감싸고
　　어쩔 줄 몰라 하는 금이도
　　이제사 왔나 빙긋 쳐다보고 웃는
　　금이의 남편 택이도
　　통눈깔을 한 용덕이도 수만이도 웅이도
　　만날 수 있을 테지
　　40여 년을 똑같은 길을
　　꿈속에서 걸어왔으니
　　매봉산에 걸린 달빛인들
　　지치고 찢긴 걸음 어찌 모른다 하겠소
　　가다 오다 삼치물 산에서
　　샘물을 벌컹 떠 마시고

한걸음에 내달으니 수탉 우는 소리에
마을 앞바다가 훤히 보이네요
그 모든 것 다 제쳐놓고
꼭 만나봐야 할 아버지 어머니
만날 수 있을 테지 틀림없이 만날 테지
팔십이면 어떻고 백 살이면 어떠냐
살아 생전에
어머니 제가 왔소 이제사 왔소
못된 놈 이제사 왔소
골백 번 뇌는 통곡 소리에
산천초목도 까무라쳐 덩달아 울고
더덩실 춤을 추겠지요
만날 수 있을 테지 틀림없이 만날 테지
만날 수 있을 테지 함께 살 수 있을 테지.

(1986)

분단 반세기!
부모와 혈육의 그리움!
고향산천의 보고 싶음!
이산가족 당사자가 아니라면 어찌 알겠는가. 시 「만남」의 작자 이만주 시인은 함경남도 함주군 흥남이 고향인 이른바 이산가족이다. 그가 「만남」을 쓴 것은 분단 40여 년 만인 1986년이다. 그때로부터 벌써 10년도 지난 오늘 필자는 우선 「만남」이라는 제목에 주목한다. '만날 것이다'가 아닌 단호한 「만남」이다. 분단 40여 년에도 불구하고 언젠가는 꼭 만난다는 천륜, 인류에 근거한 단호한 의지 표현이다.
　갈라진 부모에 대한 절절한 애정이나 고향의 그리움을 시로 쓸 때 그 애정이 '불탄다' 라든가 그 그리움이 '뼈에 사무친다'고 아무리 써봤자 실감이 나지 않는다. 그보다도 오히려 어머니에 대한 구체적인 추억담 한 토막을 소개한다든가 고향의 친구 이름이나 강과 산의 구체적 이름을 열거하며 친구의 모습이나 성격의 특징 또는 실제의 한 장면을 묘사해 놓는 것이 훨씬 더 효과적이다. 「만남」은 이러한 시적 효과를 높이는 기교를 잘 보여주고 있다.

시 「만남」에 나타난 친구나 아는 사람의 이름과 지명을 열거해 보면 작은 섬, 큰 섬, 먹쇠, 준기, 금이, 택이, 용덕이, 수만이, 웅이, 매봉산, 삼치물 산 등이다. 뭐니뭐니해도 이 시의 클라이맥스는 어머니를 만난다는 기대를 피력한 대목이다. 함께 다시 읽어보자.

"꼭 만나봐야 할 아버지 어머니 / 만날 수 있을 테지 틀림없이 만날 테지 / 팔십이면 어떻고 백 살이면 어떠냐 / 살아생전에 / 어머니 제가 왔소 이제사 왔소 / 못된 놈 이제사 왔소 / 골백 번 뇌는 통곡 소리에 / 산천초목도 까무라쳐 덩달아 울고 / 더덩실 춤을 추겠지요"

필자는 이 대목을 두 번 읽으며 두 눈에는 뜨거운 눈물이 스미고 코끝이 시큰거려 어쩔 줄을 몰랐다. 이만주 시인의 영혼의 절규에 부닥쳤기 때문이다. 이것이 바로 시의 위력이 아니겠는가. 끝내기 두 줄을 다시 읽어보자.

"만날 수 있을 테지 틀림없이 만날 테지 / 만날 수 있을 테지 함께 살 수 있을 테지."

형제여! 통일은 반드시 온다. 어머니를 만나러 형제를 만나러 고향으로 달려가자.

▶ **北에 사는 막돌이에게**

민영

이 淸明한 가을바람이
우리를 슬프게 하누나, 막돌이.

포화에 시달리고
위협하는 비행기 소리에 멍들던
우리들의 어린 나날
이제는 그녘에도 쇳소리 그치고
아우성치던 증오의 물결 숨죽였느냐.

어쩌다 한 마을에 살붙이로 태어나
한솥의 밥먹으며 살으려 했건만
총부리 마주 겨누고 싸워야 했던
가위눌린 그날의 일들이 꿈만 같구나.

아 그것, 귀때미 벌에 심은
찰벼도 잘 익었느냐,
뒷나룻강의 냇고기도 잘 뛰노느냐
반 동강난 금수강산 어느 곳에나
이 아침, 산들바람 불어와서 산들대느냐.

팔월이라 한가위,
풋밤 지고 장에 가시던 너의 아버지도
멧도라지 머리에 이고 뒤따르던
물간수집 달님이도

금석이도, 자근이도, 영필이도
모두 모두 잘 있느냐
새벽달이 질 때마다 보고 싶었다!

아, 어느 날 어느 구름 아래서
茶禮의 향불이라도 되어
다시 만나랴……

(1986)

　시의 화자는 북쪽에 있는 막돌이라는 옛친구에게 안부를 전하는 형식을 취했다. 시의 내용으로 보아 화자는 6·25전쟁 전에는 북쪽에서 막돌이와 한 마을에 살다가 전쟁 후 막돌이를 북에 남긴 채 홀로 남하한 분이다. 시는 "이 淸明한 가을바람이 / 우리를 슬프게 하누나, 막돌이." 하고 탄식으로 시작된다.

　시 2연과 3연에서는 6·25전쟁 때 포화에 시달리던 무서운 기억을 떠올리며 막돌이와 "한솥의 밥먹으며 살으러 했건만 / 총부리 마주 겨누고 싸워야 했던 / 가위눌린 그날의 일들이 꿈만 같구나." 하고 얄궂은 운명을 한탄한다. 4연의 '귀때미 벌'과 '뒷나룻강'이라는 토속적인 고유명사가 독자들의 아늑한 향수를 자아내게 해 시적 효과를 높여준다. 5연에서는 옛적 고향 가을의 살림형편이 소개되는데, "풋밤 지고 장에 가시던 너의 아버지도 / 멧도라지 머리에 이고 뒤따르던 / 물간수집 달님"으로 소박하고 정감이 넘치는 산마을 모습이 전개된다. 아무라도 인사를 건네고 손이라도 잡아보고 싶은 정경이 아닌가. 또 달님이, 금석이, 자근이, 영필이라는 구체적인 옛이름들을 열거하고 "새벽달이 질 때마다 보고 싶었다"고 했다. 향수의 감도가 얼마나 높은 묘사인가.

시는 "아, 어느 날 어느 구름 아래서 茶禮의 향불이라도 되어 / 다시 만나랴"고 끝맺었는데, 이는 살아 생전에 만나고 싶다는 표현의 극치다.

▶ 목놓아 부르던 그 만세소리, 함성으로

김명수

어머님
해방이 되시던 해 저를 낳으시고
암흑세월 긴긴 나날 너무 기쁘셔서
갓난 제 이름을 해방이란 말을 따서
'해수'라고 지으신 뒤
한동안 그렇게 부르셨다는 어머님

어머님 올해는
제가 태어난 지 만으로 41년
해방이 된 지도 41년 전입니다

그러나 어머님
그날 장농 속 무명치마 찢어서 태극기 만들어
학교 마당으로 달려가 목놓아 만세를
부르셨던 어머님
아직도 이 땅은
그날 그 벅찬 환희의 햇빛처럼
광복의 밝은 날이 아니랍니다

보셔요, 어머님
저기 저 솟구치는 파도들을 보셔요
저기 저 들려오는 거친 물결 보셔요
동족이 동족을 총부리로 가로막는
휴전선 삼팔선 분계선을 보십시오
저기 저 피흘리는 철조망을 보십시오
그날 그 벅찬 해방의 날이
우리에게 오늘날
이토록 기가 막힌 노예의 나날로 바꿔버렸어요

어머님
저는 압니다
말씀해 주십시오
누가 우리를 갈라놓았는지
누가 우리의 가슴에 금을 그어놓았는지
누가 우리에게 피묻은 총칼 주며
싸워라! 싸워라! 부추키는지

어머님
어머님도 아시지요?
어머님 남동생은 저희 외삼촌
어머님 여동생은 이모님입니다
오늘 그분들 어디 계십니까?
경상도 상주에서 한 형제로 태어나서
왜 함께 오손도손 살지 못하시고
남녘으로 북녘으로 왜 갈라지셨어요?
한평생 어머님 눈물만 흘리세요?

어머님, 어머님 들려주세요
눈물을 거두시고 들려주세요
어머님께 눈물을 흘리게 만든 자들
그자들은 과연 누구입니까?
어머님 남동생이 살아계신 저 북쪽이
어머님 여동생이 살아계신 저 북쪽이
우리에게 과연 적이랍니까?

아닙니다, 아닙니다
그러나 아닙니다
내 형제 내 겨레가 숨쉬는 이 땅
내 형제 내 겨레가 숨쉬는 저 땅이
서로가 서로에게 적이 아닙니다

어머님, 만약 적이 있다면
우리에게 단 하나 적이 있다면
우리에게 총을 주고 싸움 부추키는
우리 땅에 금을 그은 저들이 아닙니까
우리 땅을 토막낸 저들이 아닙니까
외세의 무리들 이방인이 아닙니까

어머님 어머님
이제는 우리도 말하렵니다
어느 날 우리 나이 스무 살 적에
머리 깎고 푸른 제복 병정이 되어
휴전선 아래 식민지 이 땅
내 형제 가슴에 총부리 대고

미욱하게 삼 년 동안 수자리 섰던
어리석은 아들들도 말하렵니다

이 땅도 원래는 꽃 피는 땅
봄 되면 환하게 진달래 피고
가을 되면 벼이삭이 함께 익는 땅
남녘으로 북녘으로 허리를 이은
한라에서 백두까지 다 한 줄기
늘 푸른 저 들판 트인 저 평야
동해에서 서해까지 한 바다 물결
우리는 원래 하나였습니다

어머님 어머님
그러나 이제는 일어서야 합니다
눈물을 거두고 일어서야 합니다
쇠사슬 족쇄, 밧줄도 끊어내고
철조망도 가시철망 말끔히 밀어내고
갈라진 두 땅을 이어야 합니다

어머님 어머님
이제는 정말 일어서야 합니다
분단살이 설운 삶 뒤집어 엎고
그날 그 학교 마당 태극기 들고
목놓아 부르던 그 만세소리 함성으로
저들 이방인도 깨끗이 몰아내고
다시금 우리 땅을 되찾아야 합니다

그리고 휴전선 원한의 저 땅
그 지뢰 쇠붙이들 모두 다 녹여내어
남북 형제 우리들
뜨거운 가슴 만나
순결한 새 씨앗 뿌려야 합니다
순결한 새 씨앗 뿌려야 합니다
어머님!

(1986)

김명수 시인의 이 시는 원래 1986년 8월 『교회와 세계』라는 잡지에 해방 41주년 기념시로 실렸던 시다. 필자는 그 다음해 기행문 『시인의 고향』을 펴내면서 김명수편 말미에 이 시를 인용하면서 다음과 같이 쓴 적이 있다.

"김명수 시인의 고향 기행을 끝내면서 나의 부족한 말미를 보충하고 빛내주기 위해 그의 최근의 뜨거운 역작 광복 41주년 기념시를 게재한다."

지금 다시 읽어봐도 역시 통일을 향한 도도한 장강이다. 8·15해방둥이로 첫 이름을 '해수'라고 지었다는 사실, 어머니가 해방된 그날 무명치마 자락을 찢어 태극기를 만들어 만세를 불렀다는 사실, 삼팔분단선은 왜 생겨났으며 남북의 형제가 총대를 맞댄 현실에 대한 울분을 토로하고, 분단에 흩어진 비극적 인척사를 말한다.

마지막으로 "그러나 이제는 일어서야 합니다" "철조망도 가시철망 말끔히 밀어내고 / 갈라진 두 땅을 이어야 합니다"고 호소한다.

그리고 다음과 같은 강력한 통일의지로 끝을 맺는다.

"휴전선 원한의 저 땅 / 그 지뢰 쇠붙이들 모두 다 녹여내

어 / 남북 형제 우리들 / 뜨거운 가슴 만나 / 순결한 새 씨
앗 뿌려야 합니다 / 순결한 새 씨앗 뿌려야 합니다 / 어머
님!"

▶ **얼굴 그리기**

이흔복

밤이면 죽은 사람 살아서 왔다
언제나 입다문
표정 없는 얼굴을 하고
그 어느 섬을 돌아서 깨어나
지금은 꽃으로
이 땅에 피어 있어서 좋다
서대문 네거리에 나타난
웃는 얼굴 아니어도
끝내 보이지 않는 얼굴이어도
노래는 노래는 살아 있는 것들과
어울릴 수 있어서 좋다
비는 내리고
비처럼 그치지 않는 꿈
밤이면 죽은 사람 살아서 왔다

그리움 두고 누가 갈래
먼 산에 보름달 살며시 찾아오면
우리 서로의 얼굴을 그리워하자
南에서도 北에서도

하나뿐인 달을 쳐다보며
우리의 눈물을 기억하자
먼저 가신 내 어머니
눈물 두고 누가 갈래
그리움 두고 누가 갈래

(1986)

1985년 봄이던가, 남북이산가족 고향방문단이 교환된 적이
있다. 그때 평양에 들어간 남쪽 방문객 한 분은 그쪽에 남았
던 누님을 만났다. 서로 부둥켜안고 손을 맞잡고 사십 년간
쌓였던 눈물을 쏟으며 약속했다. 이제 운명적으로 남과 북으
로 다시 헤어지게 되지만 매달 보름날 저녁 누님도 나도 서
로 보름달을 바라보는 걸로 한에 맺힌 그리움을 달래자고
남매는 슬픈 약속을 했다. 이 사실이 보도되자 많은 사람들
은 눈물을 자아냈고, 필자도 「남매의 약속」이라는 시를 쓴
적이 있다.

이 비극적인, 아니 어쩌면 희망적인 사실을 힌트로, 기점으
로 해서 이흔복 시인은 역사성이 짙은 장중한 「얼굴 그리기」
를 탄생시켰다. 1연에 '서대문 네거리'라는 말이 나오는데,
왜 종로 네거리도 아닌 하필 서대문 네거리가 나올까. 바로
그곳에 정확히는 현저동 101번지에 서대문형무소가 있었다
는 사실을 기억할 필요가 있다.

필자는 1연을 읽으며 8·15해방 다음날 수많은 독립투사들
이 옥문을 나와 재회의 환희를 안고 서대문 네거리로 걸음
을 재촉하던 감격적, 역사적인 장면을 떠올렸다. 그뿐인가.
그후 옥문을 나선 민주투사, 통일투사들이 역시 재회의 기쁨
을 안고 이 네거리를 스쳐 지나갔음을 기억한다.

"노래는 노래는 살아 있는 것들과 / 어울릴 수 있어서 좋다"는 오늘 우리 학생들이 유관순 노래나 안중근 노래를 부르는 것과 연계시키면 곧 이해가 된다. 시 첫줄 "밤이면 죽은 사람 살아서 왔다"는 2연의 "먼 산에 보름달 살며시 찾아오면 / 우리 서로의 얼굴을 그리워하자"와 대구를 이루고 있다.

이렇듯 시 「얼굴 그리기」는 남과 북의 이산의 형제가 보름달을 보고 그리움을 달래듯이 지난날의 모든 역사적 인물들과도 보름달을 통해 서로 만날 수 있다는 심원한 영상을 보여준다.

▶ **思母恨**

이기형

서울의 지붕 백운대에서
내 고향 지붕 뽀로지로
단숨에 건너뛸
축지법을 익히랴
찬 하늘을 가르며
끼럭끼럭 북으로 날으는
저 새떼에 끼일
화안술(化雁術)을 배우랴

소자는 오늘도
흰 머리칼을 감아쥐고
지축을 울려

몸부림치옵니다

허공은, 저리
허허 높을 뿐
메아리 없는
찢기운 산하
아, 시간은 잔인하구료
이팔 흑발이 고희 백발이라

어머님은
올해 아흔 고령
꿈에도 생각잖아요
돌아가셨다고는

어찌 돌아가시랴
청상 외아들을 만나지 않고서야

시간아
멎어 다오
되돌아가 다오

우리 어마이
아흔에서 여든 되고 일흔 되고 예순 되게시리
되돌아가 줘
되돌아가 줘

(1986)

필자의 작품이기에 췌언을 줄이고 김명수 시인의 해당 발문 일부를 외람되지만 전재한다.

"……시인의 통절한 마음이 읽는 이의 가슴에 그대로 와닿는 이 시는 한마디로 비범하다. 시인이 청년시절 북녘 고향을 떠나온 이래 외아들인 자신을 기다리실 90노모를 그리는 절절한 마음이 탁월한 수사로 형상화되어 있는 이 시는 지금까지 씌어진 분단문학을 되새겨 보아도 빼어난 수작으로 손꼽기에 주저하지 않을 작품이다.…"

▶ **조국은 하나다**

김남주

"조국은 하나다"
이것이 나의 슬로건이다
꿈속에서가 아니라 이제는 생시에
남모르게가 아니라 이제는 공공연하게
"조국은 하나다"
권력의 눈앞에서
양키 점령군의 총구 앞에서
자본가 개들의 이빨 앞에서
"조국은 하나다"
이것이 나의 슬로건이다

나는 이제 쓰리라
사람들이 오가는 모든 길 위에
조국은 하나다라고

오르막길 위에도 내리막길 위에도 쓰리라
사나운 파도의 뱃길 위에도 쓰고
바위로 험한 산길 위에도 쓰리라
밤길 위에도 쓰고 새벽길 위에도 쓰고
끊어진 남과 북의 철길 위에도 쓰리라
조국은 하나다라고

나는 이제 쓰리라
인간의 눈이 닿는 모든 사물 위에
조국은 하나다라고
눈을 뜨면 아침에 맨처음 보게 되는 천장 위에 쓰리라
만인의 입으로 들어오는 밥 위에 쓰리라
쌀밥 위에도 보리밥 위에도 쓰리라

나는 또한 쓰리라
인간이 쓰는 모든 말 위에
조국은 하나다라고
탄생의 말 응아 위에 쓰리라 갓난아기가
어머니로부터 배우는 최초의 말 위에 쓰리라
저주의 말 위선의 말 공갈협박의 말……
신과 부자들의 말 위에도 쓰리라
악마가 남긴 최후의 유언장 위에도 쓰리라
조국은 하나다라고

나는 또한 쓰리라
인간이 세워놓은 모든 벽 위에
조국은 하나다라고

남인지 북인지 분간 못하는 바보의 벽 위에
남도 아니고 북도 아니고
좌충우돌하다가 내빼는 망명의 벽 위에
자기 기만이고 자기 환상일 뿐
있지도 않은 제3의 벽 위에
체념의 벽 의문의 벽 거부의 벽 위에 쓰리라
조국은 하나다라고

순사들이 순라를 돌고
도둑이 넘다 떨어져 죽은 부자들의 담 위에도 쓰리라
실바람만 불어도 넘어지는 가난의 벽 위에도 쓰리라
가난의 벽과 부의 벽 사이를 왔다갔다하면서
갈보질도 좀 하고 뚜장이질도 좀 하고
그래 돈도 좀 벌고 그래 이름 좀 팔리는 중도좌파의 벽 위에
도 쓰리라
조국은 하나다라고

나는 또한 쓰리라
노동과 투쟁의 손이 미치는 모든 연장 위에
조국은 하나다라고
목을 베기에 안성맞춤인 ㄱ자형의 낫 위에 쓰리라
등을 찍어내리기에 안성맞춤인 곡괭이 위에 쓰리라
배를 쑤시기에 안성맞춤인 죽창 위에 쓰리라
마빡을 까기에 안성맞춤인 도끼 위에 쓰리라
아메리카 카우보이와 자본가의 국경인 삼팔선 위에도 쓰리라
조국은 하나다라고

대문짝만하게 손바닥만한 종이 위에도 쓰리라
조국은 하나다라고
오색종이 위에도 쓰리라 축복처럼
만인의 머리 위에 내리는 눈송이 위에도 쓰리라
조국은 하나다라고
바다에 가서도 쓰리라 모래 위에
파도가 와서 지워버리면 나는
산에 가서 쓰리라 바위 위에
세월이 와서 긁어버리면 나는
수를 놓으리라 가슴에 내 가슴에
아무리 사나운 자연의 폭력도
아무리 사나운 인간의 폭력도
지워버릴 수 없게 긁어버릴 수 없게
가슴에 내 가슴에 수를 놓으리라
누이의 붉은 마음의 실로
조국은 하나다라고

그리고 나는 내걸리라 마침내
지상의 깃대를 세워 하늘에 내걸리라
나의 슬로건 "조국은 하나다"를
키가 장대 같다는 양키들의 손가락 끝도
언제고 끝내는 부자들의 편이었다는 신의 입김도
감히 범접을 못하는 하늘 높이에
최후의 깃발처럼 내걸리라
자유를 사랑하고 민족의 해방을 꿈꾸는
식민지의 모든 인민이 우러러볼 수 있도록
겨레의 슬로건 "조국은 하나다"를!   (1987)

우리들의 나약한 체질에 구리힘줄을 넣어주는 것 같은 풋
풋한 통일지향 시가 아닐 수 없다.

▶ **통일열차**

이시영

김규동 선생의 통일열차는
함남 이원 지나 길주 명천 지나
동해 바다 검푸른 갈기 서늘히 내닫는 경성역 내려
썩은 바자울 밀치며 들어가
"오마니 저 왔시요!" 처음으로 외치며
낯선 토방 아래 백발 떨구는 것이 소원이시지만
나의 통일열차는 서울역에서 이등표 사
여수 순천 쪽으로 가다 지리산역 내려
거기 이름없는 산자락에 숨죽여 묻힌
내 애비의 싸늘한 유골을 파내어
해방세상 첫 아침 푸른 박속 같은 햇살을 슬카장 쪼이는 것이 소원

(1987)

이시영 시인의 고향은 전남 구례 섬진강가 지리산 기슭 하
사리다. 산이 좋고 물이 좋아 고령자가 많은 장수촌이다. 필
자는 1986년 6월 『시인의 고향』 취재차 하사리를 찾아 하룻
밤을 묵은 일이 있다. 마을 뒤에는 천왕재라는 높은 봉우리
가 하늘에 닿을 듯 솟아 있다. 이 천왕재는 지리산 줄기 서
남쪽 끝쯤에 해당되어 한때 산손님(빨치산)들이 뻔질나게
드나들었던 곳이다. 따라서 천왕재 일대에 이름 모를 빨치산

들의 시체가 여기저기 묻혀 있음은 물론이다. 이는 우리 분단 현대사의 가슴아픈 흔적이다.

김규동 시인의 고향은 함북 온성이다. 그의 최대의 꿈은 통일되는 날 기차를 타고 고향에 가서 어머님을 만나는 일이다.

작자는 이러한 비극적 상황과 간절한 통일염원을 염두에 두고 시 「통일열차」를 썼다. 그러면 시 중 화자는 어떻게 하겠다는 것인가.

"거기 이름없는 산자락에 숨죽여 묻힌 / 내 애비의 싸늘한 유골을 파내어 / 해방세상 첫 아침 푸른 박속 같은 햇살을 슬카장 쪼이는 것이 소원"

이 대목에서 '숨죽여 묻힌'이라는 표현에 대해 해설을 달 필요를 느낀다. 토벌대의 총에 맞아 죽은 빨치산이 설사 자기 아버지일지라도 그 당시의 분위기로는 떳떳이 장사지낼 수도 없고 제사를 올릴 수도 없었다. 쉬쉬 벌벌 떨며 가무덤도 만들까말까 할 정도였다. 따라서 세상이 완전히 해방되고 통일이 된 연후에야 그 빨치산의 정식 무덤도 다시 만들고 그의 투쟁적 생애도 밝힐 수 있다는 것이다. 이런 해방되고 통일된 세상을 바라는 시인의 간절한 마음이 이 시를 낳은 것이다.

▶ **연변 한인 자치주의 어린 누이에게**

김사인

어린 누이여, 그곳에도 돌멩이는 굴러다녀 가방이 성가신 하교 길엔 툭툭 걷어차며 오나요. 흘러내리는 머리칼 고사리 손으로

쓸어올리며 흐르는 콧물도 소리내서 들여마시나요. 그곳에도 반
에 한둘씩은 싱거운 머시매들 있어 지우개도 뺏아가고 고무줄 끊
고 낄낄 웃으며 내빼다 꼬라도 지고 동네 담벼락에다는 '누구하
고 누구하고 얼레꼴레' 백묵 동가리로 그런 것도 쓰고 그러나요.

　누이여 그곳에도 집과 어머니는 있어 돌아오면 책가방을 마루
에 팽개치며 '엄마 밥줘' 소리치나요. 조선말, 아아 조선말로 소
리치나요. 그러면 엄마는 빨래를 걷다 말고 얼른 쫓아나와 '온
냐 내 새끼' 감싸안고 엉덩이를 토닥거려 주시나요. '아이구 이
먼지 좀 봐라' 하고 마지막 한 대는 세게 탁 때리시나요. 누이
여 그곳에도 또한 어린 동생들은 있어 언니 가방을 뒤져 연필도
부러뜨리고 산수책 뒤엔 색연필로 그림도 그려놓고 놀러가는
언니를 징징거리며 따라도 오고 그러나요.

　색동저고리 다홍치마 밖으로 맵시 있게 한쪽 발끝을 세워 내
놓고 장고춤이 곱기도 한 어린 누이여! 그리워 가슴 벅차는 오
래비 하나 여기 있는 줄 그대 알고 있나요. 그대도 이 오래비
그리워 가끔은 맘 설레나요. 묵은 잡지 속의
　내 어린 누이여.

(1987)

이 시의 작자 김사인 시인은 1956년생이니 알짜 전후세대
다. 따라서 머리끝에서 발끝까지 반공교육을 받은 시인이다.
　조금 이색적인 긴 제목에 주목하면서 1, 2연을 다 읽었다.
초등학교 저학년 코흘리개가 자기의 천진난만하고 장난끼
섞인 하루의 생활을 펼쳐보이며 설마 반공교육에서 받은 그
대로는 아니겠지 하는 기대를 가지고 연변 어린 누이에게

물어보는 형식으로 씌어졌다. 이 시를 쓰게 된 동기는 무엇일까? 왜 썼을까? 3연 마지막 줄 "묵은 잡지 속의 내 어린 누이여"를 읽고서야 비로소 이 시를 쓰게 된 동기를 알게 되었다. 즉 연변에서 흘러들어온 헌잡지 안의 사진을 보고 쓴 것이다. "색동저고리 다홍치마 밖으로 맵시 있게 한쪽 발끝을 세워 내놓고 장고춤이 곱기도 한 어린 누이"의 사진이다. 그러면 그 사진은 어떻게 입수되었을까? 생각건데 6·29선언과 7·7선언 이후 지하나 반지하에서 흘러들어 왔을 게다.

연변은 아시다시피 일제식민지 시대 '간도'라고 부르던 곳으로 수많은 우리 동포가 못 살아 이민갔고, 반일독립투쟁이 우렁차고 거셌던 곳이다. 지금은 중화인민공화국 연변조선족자치주로 되어 있다. 지리적으로 북조선과 가깝고 서로 비슷한 사회주의 체제다.

이 시 속에 북쪽에 대한 언급은 전혀 없지만 작자의 뇌리에는 북한 어린 누이들의 모습이 서물거렸을 줄로 추측된다. 바꿔 말하면 연변 어린 누이를 빙자해 실은 북한의 어린 누이에게 물어보는 것이다.

여기서 김사인이 받은 초등학교 적 반공교육의 내용을 돌이켜볼 필요가 있겠다. 북쪽의 빨갱이들은 머리에 뿔이 났든가 머리카락은 붉고 얼굴은 괴상망칙한, 남쪽 사람과는 거리가 먼 족속으로 묘사되었다. 또 북쪽의 일상생활은 우리 남쪽과 전혀 다른 미개한, 색다른 모습으로 소개되었다. 그러나 어린 김사인은 머리가 좋은 어린이라 과연 그럴까고 의심을 하게 되었고, 차츰 자라면서 민족적 양심과 진리에 대해 고민하고 마음의 갈등에 빠졌을 것이다.

이렇듯 어린 가슴을 멍들게 한 반공교육의 해독에서 벗어날 때 진리의 광장은 열리는 것이다.

필자는 눈물겹도록 아름다운 이 시를 읽으면서 비애와 환
희를 동시에 맛보았다는 것을 고백한다.

▶ **삼팔선을 넘으며**

김영현

꽁무니에 신병을 실은 부식차는
자갈길을 투덜거리며 달린다.
먼지 속에 밀려가는 앙상한 가로수
해골처럼 뒹구는 강원도 겨울 풍경

삼팔선 넘어 차디찬 바다는
물거품 뒤척이고, 어디로 가는 걸까
나이 어린 동료들은 군가를 불렀다.
내 코를 잡아 비틀던 작대기 세 개짜리는
운전석 옆에 앉아 담배만 태우고,
바람은 씽씽 귀바퀴를 잘라먹는다.

저 산너머 철조망이란다, 내 조국이여
깊은 한숨처럼 뒤척이는 바다여

어디에나 사람은 살겠지
어디에나 이 나라 사람 살겠지.

(1988)

작자 김영현 씨는 시인보다도 소설가로 더 이름난 분이다.

1988년 초든가 그의 첫 시집 『겨울바다』를 받고 본문보다도 먼저 김명인 씨의 발문을 뜻깊게 읽었다. 두 분의 대학시절 싸움이 만만치 않았다는 것을 알고 흐뭇했다.

이번 통일시를 찾느라 『겨울바다』를 뒤적이다가 「삼팔선을 넘으며」를 찾아냈다. 본문을 읽어보고 이 제목에 통일의지가 배어 있음을 알았다. 시 내용인즉 바다가 보이는 최전방 분단철조망 부근에서 군복무의 일상을 담고 있다.

세째 연의 "저 산너머 철조망이란다, 내 조국이여 / 깊은 한숨처럼 뒤척이는 바다여"는 분단에 짓눌린 조국에 대한 안타까움이 진하다. 바다의 뒤척임을 한숨소리로 들은 것은 역시 시인의 귀다. 앞서가는 청년이 아니고는 들을 수 없다. 바닷물은 남으로 북으로 동서로 왔다갔다한다. 삼팔선을 인정하지 않고 출렁인다. 그런데 사람은 뭐냐고 분개한다.

마지막 연 "어디에나 사람은 살겠지 / 어디에나 이 나라 사람 살겠지" 이 두 줄이 내포하는 뜻은 크다. 해설이 좀 필요하다. 60, 70년대 반공교육이 최고로 극성을 부릴 때 이북 이른바 빨갱이(공산당)들은 사람이 아닌 듯이 가르쳤다. 얼굴은 험상궂고 털나고, 빨간 머리털에 뿔난 붉은 도깨비로 묘사했다. 70년대 월남 파병 때 베트콩에 대해서도 마찬가지였다.

언젠가 일학년짜리 우리 아들놈과 친척 할머니가 텔레비전에서 방영하는 베트콩 토벌작전을 보고 있었다. 이상한 모습의 베트콩을 제까짓것 개잡듯 쏘아 죽이고 다루는 장면이 나왔다. 이걸 본 아들놈이 묻더란다.

"할무니, 베트콩도 사람이지 예?"

어린애의 눈에 비친 베트콩!

이게 바로 현대사의 비극이 아니고 뭔가.

　　김영현 시인도 어린 날에는 그런 반공교육을 받았다. 그러나 본인의 끊임없는 진리 탐구와 대학의 민주화투쟁에서 깨침을 받았다. 모든 진실은 본래의 모습으로 밝혀지기 마련이다.

　　다음으로, 뛰어난 농민시인 고재종의 「초록으로 북상하더니 단풍으로 남하한 우리들의 꿈」을 감상해 보자.

▶ **초록으로 북상하더니 단풍으로 남하한 우리들의 꿈**

고재종

지난 오월
여기 햇볕 따스한 남녘에서
우리의 꿈 초록으로 부풀어
저기 호남벌 지나 장성 갈재 허위 넘고
금강에 발목 적시고 임진강 포둣이 건너고
급기야 그 여리고 여린
미풍에도 파닥이던 것들이
핵지뢰밭에서도 곧추발 딛고 고압선 흐르는 철조망
온몸으로 타고 넘으며
급기야는 푸른 피 뚝뚝 흘리며
백두산까지 내쳐 달리더니

돌아왔네 돌아왔네
저 수줍은 것들이 해맑은 것들이
백두산정 서늘한 바람과 천지연 물에 얼굴 씻고

저렇듯 벌겋게 상기되어
저렇듯 벌겋게 흥분되어

돌아왔네 개마고원 감자밭에서
밭매는 아낙과 따스이 얘기하다가
돌아왔네 묘향산 보현사에서
뒷산 부부는 주지스님과 눈시울 적시다가
돌아왔네 돌아왔네
함흥비료 공장 정문 앞에서 청산리 협동농장에서
뭇일꾼들과 뺨 적시며 땀을 씻다가
또 만경대에서 숨죽이며
그 애틋한 초옥 몇 채도 곰곰이 바라보고
또 보통강 뱃놀이 즐거운 젊은 연인들 보며
모란봉만큼이나 가슴도 설레고
평양 시가에 흐르는 맑은 공기랑
학생소년궁전에서 들리는 손풍금 소리랑
인민대학습당 뜨락에서의 청청한 구호 소리랑
또 남포 갑문 건설현장의 큰 기중기 소리랑
온통 가슴 절도록 보고 듣다가
저 씩씩한 것들이
저 당당한 것들이
아 글쎄 이곳 저곳 젊은 패기와 야욕이 넘치는
평등과 복지로 가는 땅 두루 돌아보고
급기야 금강산에서 온몸에 열오른 것들이
급기야 해주 사과밭에서 빨갛게 익은
사과 따는 볼에 입맞춘 것들이
끝내 저렇듯 벌겋게 상기되어

끝내 저렇듯 벌겋게 흥분되어
돌아왔네 돌아왔네
그래 저쪽 세상에도 사람 살더라고
패기만만한 눈빛의 사람들 덕담 나누며 살더라고
아 글쎄 저쪽에도 우리말 쓰는 한겨레
이곳 남쪽 형제들 그리며 꿋꿋이 살더라고
말하려는 듯 말하려는 듯 답답해지다
손 얼굴 씨벌게지다 숨이 막히다
급기야 여기 남쪽 미처 다 못 와
저기 고부들 옆 내장산에서 온통 숨통 터져버린
저 불난 것들이 타는 것들이

(1988)

참 비단결 같고 재미있고 남북 형제에 대한 인간미 넘치는
아름다운 시다. 북쪽에 대한 악선전만 듣던 우리에게 훈훈한
선물이 아닐 수 없다.

▶ **세계사 시간**

도종환

다음 중에서 인권탄압이 가장 심한 나라는 어느 나라입니까
남아프리카공화국이지요. 이렇게 묻고 대답하는 소리를 들으며
걸음을 멈춥니다.

지금 다른 어느 나라의 세계사 시간에도 이렇게 묻고 대답하
는 선생님과 학생들이 있겠지 그 생각을 합니다.

　다음 나라 중에 인권탄압이 가장 심한 나라는 이렇게 묻는 어느 나라의 세계사 시간에 혹 우리나라가 끼어 있지는 않을까 그 생각도 해봅니다.

　다음 중 고문이 가장 심한 나라를 고른다면 이렇게 묻는 세계사 시간이 있다면, 다음 나라 중 민주주의 국가라고 볼 수 없는 나라는 이렇게 질문하는 선생이 있다면

　우리나라 역사책보다 더 많은 분량을 할애하여 사월혁명에 대해 이야기하는 아시아의 나라가 있다는데 정녕 그 나라 학생들은 선생님의 말씀을 들으며 이 나라 이 역사를 어떻게 그들의 공책에 적어가고 있을까

　그들도 밑줄을 그어가며 우리나라의 이름을 중요하게 기억하고 네 개 중의 어느 한 나라 코리아의 이름 위에 동그라미 쳐가며 오래오래 외우고 있을까

　매캐한 연기 속에서도 나뭇잎이 자랄 대로 자란 오월 오후 세계사 시간에 창 밖의 하늘을 올려다보며 아아, 창 밖의 하늘을 올려다보며

(1988)

　반공교육이 극성을 부렸던 60년대 70년대 80년대 90년대 초에 교단에 섰던 민족적 양심이 살아 있는 많은 선생님들의 최대의 고충은 민주주의라든가 인권문제라든가 탄압, 고문 따위를 이야기해야 하는 세계사 시간이라고 했다.
　군사독재통치를 받고 있는 우리나라가 아주 비민주적이요

인권탄압이 극심하고 야수적 고문이 자행되는 나라인데도
불구하고 다른 나라, 특히나 북쪽이 세계에서 최악으로 비민
주적이요 인권이 공공연히 짓밟히고 피의자는 고문할 필요
조차도 없이 아예 총살해 버리는 나쁜 나라라고 가르쳐야
했기 때문이다.

남쪽에 사는 일반 국민들은 북쪽의 진상을 전혀 모른다.
다만 귀순해 오는 월남자들의 입을 통해서만 그쪽 사정을
어렴풋이나마 들을 수 있고 언론에 심심찮게 흘러나오는 토
막소식을 통해 짐작할 뿐이다. 그러나 그 귀순자의 말이란
반공기관의 검열에 걸러져 나왔고, 그 토막소식이란 반공을
전제로 악의에 차 있기가 일쑤인 만큼 어느 선까지를 믿어
야 할지 착잡한 심정이다.

도종환 시인의 「세계사 시간」은 작자의 체험에서 우러나온
그의 육성이다. 우리 대한민국이 남아프리카공화국에 못지않
는, 아니 그 이상의 인권탄압 국가라는 것을 알고 있는 작자
의 안타까운 영상이 눈앞에 떠오른다. 또 시인은 다른 나라
세계사 시간에 우리나라가 인권탄압 국가로 끼어 있지나 않
을까고 착잡한 심정에 잠긴다.

시인의 시상은 또 나래를 편다. 우리나라 4월혁명에 대해
많은 지면을 할애하는 나라의 학생들은 자기 공책에 우리나
라 역사를 어떻게 적어갈까 하고. 시인은 마지막 부분에서
"오월 오후 세계사 시간에 창 밖의 하늘을 올려다보며 아아,
창 밖의 하늘을 올려다보며"라는 반복의 효과로 시를 끝맺
고 있다.

하늘을 쳐다보며 자기의 고뇌와 민족적 양심에 대해 생각
하고 나아가 완전한 민주주의 통일조국 건설을 애타게 기다
려 마지않는 시인의 심정이 잘 표출되어 있다.

▶ **저자들은 애국자가 아니다**

김용택

우리는 저 사람들이 누구인지 몰랐었다
저들은 불철주야 앉으나 서나
나라를 위해 자기를 헌신짝처럼 버리는
훌륭한 지도자들인 줄 알았었다
저들이 아니었다면
우리는 헐벗고 굶주림에 떨며
나라를 잃어버릴 줄만 알았었다
저들은 기회 있을 때마다
입만 열었다 하면
애국애족 친미반공 좌경용공을 찾으며
우리를 나무라고 꾸짖고 다스렸었다
그러나, 저들이 참으로 애국자이며
우리들을 위해 일했는가
아니다 아니다 아니다
새롭게 나라가 서고
새 시대가 열릴 때마다
저들은 새 시대 새사람으로
거짓 태어난 저들이
우리는 어떤 사람인지
차차 알게 되었다
저들은 누구인가
천황폐하의 충직한 신하였고
미국과 이승만의 앞잡이였으며
부정선거의 원흉들이었으며

유신시대엔 독재자의 길을 닦아주고
5공시절엔 더 높은 자리에 올랐고
6공화국에 들어서선
그보다 더 화려하게 출세하였다
백성의 나라를 세우려
백성들이 일어설 때마다
저들은 잠깐 숨어 있다가
다시 독재의 새 시대엔
새 모습으로 우리들을 다스렸다
그러나 그러나 백 번도 더 그러나
저들은 결코 애국자가 아니었다
저들은 다만 자기의 더러운 안일과
더럽고 추잡한 출세를 위해
총칼을 들고 백성을 배반하고
나라를 팔아먹고
독립군을 잡아죽였고
민주인사들을 잡아가두고
민주주의를 압살해 온 자들이었고
주열이 종철이 한열이를 죽이는데
앞장섰을 뿐이다
청문회장에 나온 저들을 보라
인두겁을 둘러쓴 저 뻔뻔한 얼굴들
저 더러운 그들의 애국애족을 보라
저 치사하고 비열하고 우멍하고 쪼잔하고
한심하고 야비하고 비겁하고 멍청하고 유치하고 째째한 자들
겨레의 아름다운 삶을 더럽히고
우리들의 자존심을 외세에 바치고

우리 국토를 갈가리 바르고
우리들의 따순 밥그릇을 차버리고
동족의 가슴에 총부리를 들이대며
우리들의 눈에서 피눈물을 짜낸 자들
저들이 지금
임실 순창 고추를 눈보라 속에 팽개쳐 놓고 있다
저 춥고 가난한
늙은 농부들의 주름진 얼굴에
눈물도 메마른 눈에
최루가루를 뿌리며 쇠몽둥이질을 하고 있다
아아, 저들이 소값을 개값으로 만들고
쌀금을 똥금으로 만들며
온갖 농산물을 수입하여
저 가난한 밭뙈기 곡식금을
똥금으로 내리고 있다
우리들의 일어설 수 없는 빚더미 위에
빚더미를 얹으며 희희덕거리는 자들
아아, 정의를 짓밟고
늙은 몸뚱이를 짓밟으며
돈과 빽과 권력이 친미반공으로 똘똘 뭉쳐
반역의 허깨비 춤을 추는 자들
이제 우리는 알게 되었다
저들은 결코 우리와 겨레를 위해 저러지 않는다는 것을
저들은 결코 애국자들이 아니라는 것을
우리들의 지도자가 아니라는 것을.

(1989)

　나는 이 시를 일독하고 "그 이름의 김용택도 어쩔 수 없지" 하고 미소를 지었다. 작자의 시집 후기를 펼쳐보니까 과연 "짜임과 내용이 엉성하더라도"라는 단서가 붙어 있었다. 흔히들 80년대 민중시의 결점을 말할 때 '길다' '엉성하다'를 들먹인다. 그러나 이건 어쩔 도리가 없다. 그 당시 메시지 전달을 위주로 한 민중시의 운명이기 때문이다. 세상은 가속으로 변하고 막혔던 이야기, 새로운 이야기는 산같이 쌓이는데 짧고 깔끔한 시로는 도저히 담아낼 수가 없기 때문이다. 이러할진대 김용택이라고 예외가 될 수 있겠는가. 또 사실 김용택 시인은 그 출생이나 환경이 민중시적이라는 것도 계산에 넣어야 한다. 어쨌든 80년대 민중시는 그가 가진 운명적 단점보다도 계몽적, 선도적 장점이 더 많았다는 사실을 우리는 높이 평가해야 한다.

　「저자들은 애국자가 아니다」라는 현대사 단죄 장강시(長江詩)는 구구절절 다 옳은 말이다. 천백 번 바른 말이다. 1948년 이승만이 미국을 등에 업고 많은 애국투사들을 투옥, 학살, 제거하고 친일 친미 배족자들과 쑥덕쿵해서 대한민국 정부를 수립한 이래 박정희 전두환 노태우에 이르는 권력층을 겨냥해 터뜨리는 애국적 고발장이다. 그래서 독자들은 10년 체증이 뚫리는 후련함을 한껏 맛본다. 그자들은 "애국애족 친미반공 좌경용공을 찾으며" (일본의)유신시대엔 "천황폐하의 충직한 신하였고 / 미국과 이승만의 앞잡이였으며 / 부정선거의 원흉들이었으며 / 유신시대엔 독재자의 길을 닦아주고 / 5공시절엔 더 높은 자리에 올랐고 / 6공화국에 들어서선 / 그보다 더 화려하게 출세하였다."

　시인은 또 저들의 죄악을 열거한다.

　"총칼을 들고 백성을 배반하고 / 나라를 팔아먹고 / 독립군을 잡아죽였고 / 민주인사들을 잡아가두고 / 민주주의를 압살해 온 자들이었고 / 주열이 종철이 한열이를 죽이는데 / 앞장섰을 뿐이다.”

다음으로 작자는 1988년 겨울 전두환 일당이 국회청문회에 나온 역사적 몰골에 렌즈를 맞춰 통쾌하게 보여준다. 또 임실 순창의 고추농사를 망쳐놓고 죽지 못해 대드는 농민들을 야만적으로 탄압한 사실을 규탄한 다음 “소값을 개값으로 만들고 / 쌀금을 똥금으로 만들며”(수입농산물 때문에) “가난한 밭뙈기 곡식금을 / 똥금으로 내리고 있다”고 농정 실정을 고발한다.

“우리들의 일어설 수 없는 빚더미 위에 / 빚더미를 얹으며”라고 썼는데, 필자의 기억으로는 80년대 중반에 농가 일인당 부채가 백만 원꼴이었는데 갈수록 늘어나 그 10년 후인 90년대 중반에 벌써 천만 원에 육박한 것으로 알고 있다.

시인은 다음과 같은 말로 시를 끝맺었다.

“이제 우리는 알게 되었다 / 저들은 결코 우리와 겨레를 위해 저러지 않는다는 것을 / 저들은 결코 애국자들이 아니라는 것을 / 우리들의 지도자가 아니라는 것을.”

잘못된 현대사, 가짜 지도자들의 준엄한 고발장을 읽고 나니 답답하던 가슴이 어느 정도 후련하다.

▶ **팀스피리트**

김용락

미국이 있는 곳에 전쟁이 있다
전쟁이 있는 곳에 살육과 죽음이 있고

군수산업 자본가들의 이익이 있을 뿐이다
학자들에 의하면 팀스피리트 훈련은
지상 최대의 전쟁연습이라고 하고
남한은 반대가 없는 훈련의 가장 최적 지역이라고 한다
실제로 팀스피리트 훈련을 위해 도착한 미군 병사들이
밤새 술을 마시고 남쪽의 작은 항구도시 전체를
광란의 도가니로 몰아넣은 적도 있고
내륙도시에서는 임신한 여교사를 윤간하여
정신이상으로 죽게 한 사건도 있었다고 한다
팀스피리트는 방어훈련인가 공격훈련인가
이 땅은 과연 미국의 땅인가 식민지인가
한 가지 분명한 사실은 침략자의 창백한 유령
전쟁이 있는 곳엔 미국이 있고
미국이 있는 곳엔 언제나 살육과 죽음이 있을 뿐이라는 것이다

(1989)

　대한민국 건국 이후 한미합동군사훈련은 연례행사로 이어져 왔다. 그 중 대표적인 것이 바로 팀스피리트다. 이 훈련의 목적은 북쪽을 목조여 죽이려는 데 있다. 이것은 이민족인 미국의 힘을 빌려 동족인 북쪽 형제를 압살하려는 세계 최대의 전쟁연습이다.

　지난 50년간 우리 남북이 통일되지 못한 것은 일차적으로 순전히 미군의 주둔 때문이다. 물론 국가보안법도 문제가 되지만 미군이 없었다면 국가보안법 따위는 존재할 틈새가 없었을 것이다.

　팀스피리트는 우리의 남북 통일을 가로막을 뿐만 아니라 민간 피해도 엄청나다.

"……미군 병사들이 / 밤새 술을 마시고 남쪽의 작은 항구 도시 전체를 / 광란의 도가니로 몰아넣은 적도 있고 / 내륙 도시에서는 임신한 여교사를 윤간하여 / 정신이상으로 죽게 한 사건도 있었다고 한다."

젊은 시인의 다음과 같은 말에 우리 위정자들은 가슴에 손을 얹고 깊이 반성해야 한다.

"전쟁이 있는 곳엔 미국이 있고 / 미국이 있는 곳엔 언제나 살육과 죽음이 있을 뿐이라는 것이다."

아닌 게 아니라 우리나라에는 아버지를 죽인 김성복과 박한상이 있고, 살인마 지존파 온보현 막가파가 있다.

지난번 추석휴가 때다. 최두석 시인에게 전화를 걸어 자작시 중 통일지향적인 시가 어떤 게 있느냐고 물어봤더니 그의 세번째 시집 『성에꽃』에 수록되어 있는 「교과서와 휴전선」 「전길수 씨」 「여우고개」 「달팽이」 네 편을 일러주었다. 「교과서와 휴전선」은 모순투성이 분단현실에서 아이들을 가르치는 선생님의 고뇌를 잘 그렸고, 「전길수 씨」는 휴전선으로 잘린 경의선 철도 여우굴에서 버섯을 기르는 전길수 씨를 중심으로 남북 분단상황을 재치있게 묘사하고 있다. 「여우고개」는 1991년 5월 민족문학작가회의 회원인 시인, 소설가, 평론가 등 53명이 남북작가회의에 참석코자 판문점으로 가던 도중 판문점에 못 미친 여우고개에서 경찰에 잡혀 3일간 마포경찰서 지하유치장에 갇혀 있던 사건을 리얼한 필치로 다루었다. 조금 다른 이야기지만, 필자도 그때 그 일행에 끼었었지만 차일피일 시적 대응을 못했다. 그런데 최두석 시인은 재빨리 시를 썼으니, 최 시인의 신속한 시적 대응에 격려를 보내 마지않는다. 그 다음은 은유와 상징성이 짙은

「달팽이」다. 이상 네 편의 시는 분단상황이 빚어내는 비극적 현실을 각각 다른 각도에서 조명하면서 섬세하고 정확하고 재치있는 구성과 묘사로 시화해 보는 사람의 감탄을 자아내게 했다.

지면관계로 네 편을 다 게재할 수는 없고 그 중 「달팽이」만을 다루고자 한다.

▶ **달팽이**

최두석

임진강물이 역류해 들어오는 문산천, 초병의 총구가 무심히 햇빛에 빛나는 유월 어느 날, 기슭에 수양버들 한 그루, 그 아래 화강암 돌비 하나. 너무 한적해서 간혹 물거품을 터뜨리는 냇물 속에 조용히 잠겨 있던 달팽이 무리, 그 달팽이 무리가 뻘흙 위로 상륙한다. 굼실굼실 기슭의 수양버들 밑둥으로 기어오른다. 제각기 등에 집을 진 채 동둑으로 뻗은 밋밋한 가지를 타고 달팽이의 느릿한 행렬이 이어진다. 마침내 가지 끝에서 온몸을 집 속에 감추고 굴러떨어진다. 한 마리 두 마리 세 마리…… 달팽이는 계속 눈을 감고 귀를 막고 코를 쥐고 떨어진다. 버들가지 속잎이 파르르 파르르 떨리는 그 아래 풀밭에 떨어진 놈은 다시 물을 찾아 굼실거리고 돌비 위로 떨어진 놈은 당장 깨져 죽는다. 달팽이의 시신이 널어 말려지는 돌비, 돌비에는 핏빛 글씨로 '간첩사살기념비'라 씌어 있다. 그때 초병이 걸어와 돌비 앞에서 거수경례를 붙이고 그의 군화 밑에는 굼실거리던 달팽이 몇 마리 깔려 있다.

(1989)

「달팽이」의 무대는 임진강이 역류해 흐르는 문산천 강변이다. 수양버들이 늘실거리고 그 아래에는 '간첩사살기념비'라고 쓰인 돌비가 서 있다. 달팽이들은 물 속에서 뻘흙 위로 상륙해 버드나무 밑둥으로 기어올라 가지 끝에서 떨어지게 마련인데 어떤 놈은 풀밭에 떨어지고 어떤 놈은 돌비에 떨어져 깨져 죽는다.

필자는 「달팽이」를 재독 삼독하고 탄성을 질렀다. 첫째로 작자의 관찰력의 미세함과 정확함에 주목했고, 둘째로 희화적이면서도 너무나 엄숙한 고도의 상징성에 탄복했다. 2백자 원고지 단 두 장에다 분단현실의 비극성을 이토록 정확하게 묘파했다는 것은 시의 위력이요 즐거움이 아닐 수 없다. 이 시의 구상이 실제냐 가상이냐 하는 것은 문제가 되지 않는다. 다만 시인의 진실되고 리얼한 구상에 안심하고 따르면 그만이다.

달팽이는 무엇을 상징하는가? 아는 사람은 다 알 것이다. '눈을 감고 귀를 막고 코를 쥐고'란 어떤 뜻인가? 시란 본시 읽는 사람 각자의 해석과 판단에 맡겨야 하지만 필자는 우리의 막힌 현실을 야유하고 질타했다고 해석해 본다. 더구나 이 글을 쓰는 요즘(1996년 10월 초순)은 좌초한 북한 잠수함 승무원들이 강릉 산악지대에서 '공비'로 쫓기어 사살되는 비극적 상황이 벌어지고 있는 만큼 「달팽이」를 읽는 시적 박진감은 한층 더 두드러진다.

마지막으로 「달팽이」가 빚어내는 골계(익살)와 풍자다. 생각해 보라. 눈, 귀, 코를 막고 행진하는 달팽이떼는 우습기 그지없다. 그러나 그 웃음 뒤에는 독자를 찌릿하게 하는 그 무슨 전기가 흐르지 않는가. 간첩사살기념비에 떨어져 골이 깨져 죽고 시신은 돌비에 널려 말려진다. 북에서는 통일일꾼

이라 불리는 사람들이 남쪽에 내려와서는 간첩으로 사살되
는 냉혹한 비극적 현실의 풍자가 아니고 무엇이겠는가! 갈
라진 남과 북이 연출해 내는 분단현실의 비극성에 새삼 전
율하지 않을 수 없다.

　이 시에는 통일이라는 단어가 한마디도 없다. 하지만 통일
을 가로막는 우리의 비극적 현실을 고도의 상징성으로 묘사
하여 전달해 줌으로써 독자로 하여금 현실인식을 또 한 번
새롭게 하고 통일지향적 의지를 한층 더 가다듬게 해준다.

▶ **북녘의 한 사람에게**

강형철

가을입니다
뒹구는 가을잎들을 물끄러미 봅니다
북조선의 어느 곳에도
동포를 그리워하며 이 가을을 지키고 서 있는
나와 같은 당신이 있겠지요
문득 말다툼하고 싶습니다
단풍은 어떻게 들며 우리 강산 어디가 제일 좋다고 서로 우기는
지금 이 살갗 끝에 옴지락대는
속살 하얀 이 햇빛도
그날은 푸짐하겠지요
많이 보고 싶습니다
실핏줄 도는 당신의 손끝을 첫사랑의 손처럼
만지작거리고 싶습니다
많은 열매가 나무에 영글고

제멋대로 이 조국의 땅에 돌아올 때까지.

(1989)

시 첫줄에 "가을입니다"라는 발언은 의미심장하다. 시의 화자는 지금 뒹구는 가을잎들을 물끄러미 바라보고 있다. 그러면서 북조선 어느 곳에서도 자기와 같은 사람이 있을 것을 상상해 본다. 그 사람과 우리 강산에서 단풍이 어디가 제일 아름다운가를 놓고 말다툼을 벌이는 장면도 그려본다. 그날 하얀 햇빛도 두 사람의 살갗 끝을 옴지락옴지락 푸짐히 비쳐줄 것도 기대한다. "실핏줄 도는 당신의 손끝을 첫사랑의 손처럼 만지작거리고 싶습니다"라는 구절은 남북 동질성과 화해에 대한 간절하고도 뜨거운 표현이다. 동포애의 정수다.

화자는 마지막으로 자연계가 가을이며 열매를 맺듯이 이 땅에 사는 모든 형제들도 본래의 제모습을 되찾아 조국땅에 돌아올 것을 고대한다. 바꿔 말하면 남북통일의 그날을 은근히 학수고대하는 것이다.

▶ **백두산 천지**

이은봉

뜬금없이 무단침입으로
평북 삭주 태생 강씨네 이층 전세방에 가보라
백두산 천지,
네 활개를 펴며 일어서는
우리나라 조상 할아버지를 한눈에 보리라
지그시 대문을 열고 들어가

왼쪽 계단을 타고 오르면
벌써 낡아 찌그러진 출입문
삐거덕 하고 열어젖히던
대청마루 한구석,
오똑하니 그가 앉아 무언가 꼼지락거리리라
천천히 돋보기를 올려 쓰며 반기리라
우선 악수를 하고
서로의 안부를 물으며
창 쪽으로 고개를 돌리면 드디어 보리라
열아홉 봉우리에 싸여
온몸으로 솟구쳐 일어서는
백두산 천지,
우리나라 조상 할머니를 똑똑히 보리라
창문 밖이 아니라 창문 바로 위
신문에서 오려낸 커다란 사진 한 장을 보리라
액자에 잘 넣어 모셔둔
강씨의 사랑을, 오랜 안타까움을 보리라
그리고 동시에 그대 가슴속
한반도의 비극이 뭉쳐오리라
터질 듯한 그리움이, 해방의 그리움이 타오르리라.

(1989)

　이은봉 시인은 어떻게 해서 「백두산 천지」를 썼을까. 시를 읽어보면 알 수 있다. 평북 삭주 태생인 강씨는 허름한 2층 전세방에 산다. 대청 창문틀 위에 신문에서 오려낸 백두산 천지 사진을 액자에 넣어놓고 있다. 이은봉 시인은 어느 날 강씨를 찾아갔다가 그 천지 액자를 보게 되었다.

"열아홉 봉우리에 싸여 / 온몸으로 솟구쳐 일어서는 / 백두산 천지."

시인은 감격해 마지않았다. 이렇게 해서 「백두산 천지」는 씌어졌다. 강씨는 그 백두산 천지를 무한히 사랑하고 고향의 그리움, 통일의 그리움에 안타까운 나날을 보낸다. 그 천지 사진은 강씨와 방문객들에게 우리나라 조상 할아버지 할머니들을 똑똑히 보여준다. 동시에 보는 사람들은 "한반도의 비극이 뭉쳐오리라 / 터질 듯한 그리움이, 해방의 그리움이 타오르리라"고 작자는 분단 45년을 개탄한다.

▶ **북녘의 여성들을 그리며**

차정미

우리는 혼자이되 그대들은 여럿이네
우리가 말 못하는 밀랍인형이되
그대들은 피끓는 가슴 지닌 사람이네
우리가 진열장 속 상품이되 뒷골목 매춘부이되
그대들은 흙을 고르는 건강한 일꾼이네
우리가 내 자식 하나의 어미이고자 옷섶 여밀 때
그대들은 넓은 젖가슴 풀어헤치는
천 사람의 어미이네 만 사람의 어미이네
우리가 픽픽 쓰러져도
그대들은 우뚝우뚝 일어서네
우리가 혼자이되 결코 혼자이지 않을 때
쓰러진 우리 산처럼 우뚝우뚝 일어설 때
그대들과 우리는 하나이네

남북을 잇는 한몸이네

(1989)

봉건 전제정치 아래에서 여성은 수천 년 동안 차별과 구속
의 굴레에서 신음해 왔다.

8·15해방과 동시에 북쪽에서는 여성해방의 서광이 비쳤다.
1946년 여성해방선언과 동시에 여성해방법을 제정해 여성은
남성과 동등한 지위에 서게 되었다.

차정미 시인이 시 「북녘의 여성들을 그리며」를 쓴 것은
1989년이다. 시를 읽어보면 남쪽에서는 그때까지 여성의 지
위가 북쪽에 비해 형편없었음을 알 수 있다. 시에서 남북의
여성을 조목조목 비교한 대목은 흥미롭다. 시 마지막 행에서
"남북을 잇는 한몸이네"라는 시구는 커다란 무게를 지니고
독자를 압도한다. 인구의 절반을 차지하는 남북 여성이 손잡
고 통일로 행진한다면 삼팔장벽은 단숨에 무너뜨릴 수 있다.

▶ **간첩과 등산객**

고규태

땅끝이 가까운 해남땅 대흥사 입구
호젓한 산길 키큰 잣나무 숲 아래
마파람 되퉁기며 팻말이 하나 서 있다

오가는 등산객 눈길에 가장 잘 뜨이는 곳
산맥이 가파르기 직전 여기 꼭 이 자리
친절한 이정표가 해맑게 웃어야 할 이 자리

철컹철컹 우리들 손목에 쇠수갑을 채우면서
팻말엔 이렇게 또박또박 씌어 있다
"홀로 가는 저 등산객 간첩인가 다시 보자"

나는 마음이 하 답답하여 광주를 떠나
홀로 두륜산을 찾아온 짝없는 등산객이므로
나는 간첩, 간첩, 정녕 간첩인가?

사랑이 깊어 시름에 잠긴 연인들이여
모처럼 다수운 손 맞잡고 산을 오르고 있으므로
그대들은 간첩, 간첩, 위장부부 간첩인가?

이 첩첩한 산골에도 어김없이 펼쳐진 철조망
저 세련된 글귀 저 당당한 팻말 곁에서
우린 조심스레 입술을 굳게 다문 간첩 같은 등산객

(1989)

가장 끔찍한 분단사의 비극에 접하니 내 마음은 무겁고 어
두워진다. 그러나 1959년생인 반공세대의 청년 고규태가 이
런 통일시를 쓸 수 있었다는 것은 얼마나 대견하고 기특한
일이냐. 그 무서운 반공의 폭력 앞에서도 해맑은 예지의 샘
이 솟고 양심의 꽃이 피어났다는 것은 이 시대의 둘도 없는
커다란 위안이다. 아무리 어둡고 미련한 시대일지라도 인간
의 양심과 지혜의 힘찬 행진을 막을 수 없다는 것은 지난날
의 역사가 가르쳐준다.
　이 시의 무대는 전남 해남 두륜산 기슭 대흥사 입구다. 무
대인물은 일행 없는 고규태 시인과 낯모르는 부부 등산객과

또 다른 등산객. 거기 "친절한 이정표가 해맑게 웃어야 할 이 자리"에 "홀로 가는 저 등산객 간첩인가 다시 보자"라는 팻말이 서 있다. 이 팻말을 보자마자 청년은 "철컹철컹 우리들 손목에 쇠수갑을" 채우는 소리를 듣는다. 동시에 "나는 간첩, 간첩, 정녕 간첩인가?"(혼자 왔으니까)고 처절한 반문을 자신에게 던진다. 팻말대로라면 혼자 가는 등산객은 누구나 다 무조건 일단은 간첩으로 오인받아야 한다. 이 어처구니없는 반공 현실 앞에서 우리는 그저 전율할 수밖에 없다.

작자는 마음이 하도 답답해 "그대들은 간첩, 간첩, 위장부부 간첩인가?"고 비장한 심사로 비꼬아 보며 "이 첩첩한 산골에도 어김없이 펼쳐진 철조망" 하고 개탄한다. 이 철조망은 두말할 것도 없이 삼팔분단선 철조망이다.

이렇듯 삼팔선은 저 휴전선 전방에만 있는 게 아니고 남한 어디에도 있고 국가보안법에 목숨을 건 사람들의 가슴속에는 항상 엄존해 있다.

이상에서 보아온 바와 같이 반공 팻말은 남한 어디에도 있다. 이 팻말은 통일을 가로막는 흉악한 팻말임을 우리는 잘 안다. 이 팻말은 국가보안법 반공법에 기초해 세워졌다. 따라서 이런 악법이 존속하는 한 남북통일은 불가능하고 요원하다. 따라서 식자들은, 아니 온 국민들은 진작부터 국가보안법 철폐를 강력히 주장해 왔던 것이다.

▶ **소년병**

김태수

북한 소년병들이 우리집에 머물던 때

내 나이 세 살, 전쟁은 낙동강변 작은 학교에
함께 머물렀다 학교는 그들의 사령부였고
먼 평안도에서 딸네 집에 와 길이 막혀 못 가신
외할머니와 어린 두 형제를 두고 교장이었던
아버지는 산으로 숨으셨다
그들도 사람인데 설마
무슨 일이 있겠느냐는 근심은 두셨으리라

교장사택은 지휘관 숙소였다
붉은 견장이 무거운 그들은
동향의 외할머니를 몹시 따랐고
우물가에서나 빨래터에서 만난 소년병들은
두고온 엄마 생각에 눈물 끌썽이면서
오마니라고 불렀다 정감 넘치는
이북 사투리로 먼 고향 안부도 물었으리라

B-29 폭격기 편대의 비행이 잦고
학교 뒷산이 융단 폭격으로 앙상해지면서
밤마다 고물트럭에 올랐던 소년들은
영영 돌아오지 않았다

살아남은 그들이 우리집을 떠난 후
산 속의 아버지가 돌아오시자
그제야 뒤뜰에서 원없이 우셨다던 할머니
외할머니의 눈 속에 아직도
소년병들이 초롱초롱 별 되어
박혀 있음을 본다

우리의 소원은 통일이라고
그대들의 말장난에 덧없고 어쨌건
나는 평안도건 함경도건 가리라 가서
벽지학교의 선생이 되리라
양강도면 어떻고 자강도면 어떠랴
그때 우리집을 거쳐간 그들을 만나리라 때론 더 늦어
손자들이면 어떠랴 더, 더 늦어
오오, 내가 죽기 전이면.

(1989)

지은이 김태수 시인은 학교 선생님이시다.

6·25전쟁으로부터 50년이 흘렀건만 시「소년병」은 눈물겨운 후방역사로서 오늘도 그 생명력을 지니고 있다. 오늘의 젊은 세대들에게는 실감이 나지 않을지도 모르지만 우리가 겪은 엄연한 비극사다.

작자 김태수 시인에게는 경의를 표하고 독자들에게는 축하를 보낸다.

분단 철조망은 56년 동안 우리 국토를 잘라놓고 겨레의 왕래를 막고 있지만 핏줄의 흐름은 끊어지지 않고 있다. 북의 아버지와 남의 아들의 핏줄을 어떻게 끊는단 말인가. 천륜을 끊을 힘은 이 세상엔 없다.

북이 고향인 외할머니가 북쪽 소년병들이 떠난 후 뒤뜰에서 원없이 운 모습을 생각해 보라. 외할머니의 울음은 인간의 아름다운 본성이다.

마지막 연에서 시인 김태수의 의연한 결의를 다시 한 번 들어보자.

"나는 평안도건 함경도건 가리라 가서 / 벽지학교의 선생이 되리라 / 양강도면 어떻고 자강도면 어떠랴 / 그때 우리 집을 거쳐간 그들을 만나리라 때론 더 늦어 / 손자들이면 어 떠랴 더, 더 늦어 / 오오, 내가 죽기 전이면."

김태수 선생님뿐 아니라 이 땅의 선량한 선생님들은 다 그 런 생각을 가지고 있을 것이다. 이는 곧 통일의지의 표현이 요 애국애족의 본성이기 때문이다.

시 마지막 석 줄을 나는 눈물을 글썽이며 다시 읽는다.

"그때 우리집을 거쳐간 그들을 만나리라 때론 더 늦어 / 손자들이면 어떠랴 더, 더 늦어 / 오오, 내가 죽기 전이면."

▶ 北上길

이성부

엿목판이나 메고 가윗소리 날리며
花開장터 이르러 산 보자 산을 보자
진달래 온통 피울음으로 산기슭 덮어
삶은 왜 이리 눈물나게 가슴만 뛰느냐
이 길로 꽃 가는 길 따라 걸어 올라가면
아자방 토끼봉 벽소령 하늘 가까운 곳
거기서도 불타는 꽃 나를 태우느니
진달래는 나보다 먼저 하늘에 오르거나
나보다 먼저 저 北으로 달려가거나
내가 아무 걱정할 바는 아니구나
꽃따라 천천히 게으름도 피우며
나도 한 보름쯤 쫓아가다 보면 서울에 이르고
다시 더 가다 보면

꽃은 가고
나는 못 가는
임진강 부근이 아니더냐
봄철 내내 꽃따라 꽃물 든 내 영혼은
쇠가시에 찢겨 갈기갈기
빗발 떨어지면 거두어 발길 돌리리라

(1989)

　지리산의 비극과 분단의 아픔을 이렇듯 차원 높은 서정 속에 녹여낼 수 있다는 건 시인의 긍지요 행복이다. 80년대 민중시의 최대의 약점은 서정의 빈약이었다. 그때의 우후죽순 같던 민중시인들이 장차의 재기를 위해 이 공백기를 어떻게 지내는지 궁금하다.

　시의 첫마디 '엿목판'은 무슨 의미가 있는가고 머리를 갸우뚱 하는 독자도 있을 것 같아 약간의 설명을 덧붙인다. 6·25전쟁 전후 지리산에 들어가 통일투쟁을 벌이던 사람들은 이런저런 과정에서 지도층 대부분은 다 죽었다. 그 중에서도 비겁해서든 운이 좋아서든 살아남은 사람들은 옥살이를 거쳐 밝은 세상에 나왔다. 목숨을 지탱하기 위해 벼라별 일을 다 했다. 막노동 머슴살이 엿장수 고물장수 등 천한 일마다않고 닥치는 대로 했던 것이다.

　지리산의 수천 골짝과 능선마다에는 비극의 전설이 가득차 있다. 이성부 시인은 '진달래의 피울음'으로 요약했다. 지리산 진달래의 피울음을 현재의 젊은 세대들은 도저히 이해하지 못할 것이다. 그 원인, 과정, 결과를 안다는 건 곧 분단 비극과 직결된다. 이 땅에 생을 받은 자는 마땅히 알아야 할 사안이지만 그 진실을 깨친 젊은이가 과연 몇 사람이나 될까. 그릇된 가르침은 지리산의 진실을 깨치지 못하게 했다. 왜곡, 은폐로 정반대를 가르쳤다. 이 땅의 진정한 시인들이 오늘도 피울음 우는 까닭은 바로 여기에 있다. 잘못된 현대사를 바로 쓰는 그날 지리산의 진실도 밝혀질 것이다.

"꽃은 가고 / 나는 못 가는" 임진강가 분단 철조망 쇠가시에 갈기갈기 찢기운 이성부 시인의 영혼은 바로 현대의 분단 비극이다.

1990년대 전반

 1989년 초겨울 베를린장벽이 무너진 데 이어 루마니아를 위시한 동구 사회주의 군소정권이 무너졌고, 마지막으로 소련연방정권이 무너진 것은 1991년 8월이었다. 이러한 세계사적 사회주의 정권의 몰락 바람은 싫든 좋든 어쩔 수 없이 우리 남쪽의 진보적 세력을 강타했다. 민족문학작가회의 두리에 뭉쳤던 작가군은 일부를 빼고는 모두 실의, 낙담했고 갈팡질팡했다. 옷을 버린 사람도 많고 갈아입은 사람도 많았다. 안타깝고 처참한 풍경이었다. 자주문학의 뿌리가 약한 탓이라고 개탄하는 목소리도 들렸다. 하지만 조상 이래의 민족민중문학의 골격은 건재하다고 본다. 생각해 보라. 민족을 위하고 그 민족 중에서도 가난하고 헐벗고 억눌린 민중을 위하는 문학이 어디가 잘못되었다는 말인가.

 외부의 사회주의 정권이야 무너지든 말든 우리는 우리 삼천리 강토와 우리 민족, 우리 민중을 사랑하며 역사의 높은 봉우리를 향해 정진하면 된다.

 오늘날은 자본주의와 사회주의가 대립, 앙숙관계가 아니라

상호 보완관계에 있음을 알아야 한다. 남북관계도 마찬가지다. 너를 죽이지 않으면 내가 죽는다는 냉전적 극한사고로는 역사를 바로 이끌어나갈 수 없다. 1989년 지중해 연안 몰타에서 부시와 고르바초프가 동서냉전 해소를 선언한 것은 결코 전략적 헛소리가 아니었다.

필자는 1990년대 전반까지의 통일시를 고르면서 우리 시인들이 허탈과 절망의 시대에도 통일에 대한 열망이 대단함을 발견하고 흐뭇한 감격을 느꼈다.

지난 한때 1995년 8월 15일까지 해방 희년을 넘기지 말고 통일하자고 통일의 목소리가 제법 높았던 적이 있었다. 지금은 어찌된 일인지 그 통일의 목소리조차 잠잠하다. 이제 4년이면 20세기가 끝난다. 우리 시인들은, 금세기 안에 꼭 조국통일을 이룩해야 한다는 강한 민족적 사명감을 가슴 깊이 새겨 시혼에 불을 켜고 시필을 들어야 한다.

▶ 누가 통일의 불꽃을 끄려 하는가

진관

통일의 불꽃을 누가 끄려 하는가
통일의 불꽃은 갑자기 나타난 것이 아니다
통일을 염원하다가 죽은 무수한
통일 열사들의 투쟁에서 나왔다
그런데 그런 통일의 불꽃을
끄려고 한다 해서 꺼질 줄 아는가
통일의 불꽃은 가열차게 타올라
조선의 땅에 기필코 장엄하리라

죽음의 몸에서 자라난 통일의 꽃이기에
절대로 그냥은 꺼지지 않을 것이고
조선은 통일을 성취하고야 말 것이다
이제는 막을 수도 없고 짓밟을 수도 없다

통일의 불꽃을 끄려 하는 자는
우리의 원수요
우리 모두는 그를 저주할 것이니
역사에 자리잡을 땅
꺼지지 않을 통일의 불꽃
조선이 하나가 되지 않고서는
절대로 꺼지지 않을 통일의 불꽃

조선이 하나가 되는 그날
피흘리며 죽어갔던 무수한 민중들의
그 가슴에 달아줄 꽃들을 피워내고 있는
통일의 불꽃
그러한 꽃들을 누가 짓이기고 짓밟으려 하는가
절대로 안 된다
그렇게 해서는 절대로 안 된다
조국이 하나가 되어
광주 민중들이 염원했던 자주 민주 통일
그날이 올 때까지
온몸으로 싸워나갈 일이다

(1990)

통일의 필요성, 당위성, 절대성을 직설적으로 노래한 진관

스님의 열화 같은 육성이다. '통일의 불꽃'이라는 시어는 최대의 박진감으로 독자를 압도한다. 이 말은 갑자기 뜬금없이 나온 말이 아니요, "통일을 염원하다가 죽은 무수한 통일열사들의 투쟁에서 나왔다"고 시인은 진단한다. 천만 번 지당한 말이다.

"끄려고 한다 해서 꺼질 줄 아는가 / 통일의 불꽃은 가열차게 타올라 / 조선의 땅에 기필코 장엄하리라"고 갈파한다.

2연에서 작자는 "통일의 불꽃을 끄려 하는 자는 / 우리의 원수"요 우리 국민은 그를 저주한다고 했다.

1980년대에 보아온 바와 같이 민주화를 부르짖고 통일을 외치는 데모대에 최루탄을 쏘고 그들을 잡아간 사람은 누구이고 그들을 감옥에 보낸 사람은 누구인가를 눈 있고 귀 있는 국민은 다 안다. 참 희한한 일이다. 이런 탄압행사가 지난 반세기 동안, 아니 오늘날까지도 이어지고 있으니 이건 도대체 어찌된 일인가.

3연에서 "그러한 꽃들을 누가 짓이기고 짓밟으려 하는가"고 반문하고 "절대로 안 된다. / 그렇게 해서는 절대로 안 된다"고 재삼 강조하며 "자주 민주 통일 / 그날이 올 때까지 / 온몸으로 싸워나갈 일이다"라고 굳은 결의를 표명했다.

▶ **백두고원**

최자웅

오욕의 강하(江河)가
반도의 역사에 탁류로 굽이 흘렀어도
범치 못한

그대의 숨 높은 언덕
멀리
갈매빛 등성이 너머
백설에 잠긴 하얀 넋
전설과 불굴의 산야(山野)여
심장 멈추고
귀기울여 보면
아득하고
장엄한 그대의 노래
먼 바람 뚫고 들려오노라

(1990)

백두산은 유수하고 웅장하고 장엄하고 수려하고 또한 영험하다. 백두산은 우리 민족의 정신적 고향이요 마음의 최고봉이자 밑뿌리이다. 통틀어 우리 겨레의 정신적 전부다. 분단 반백 년도 아랑곳없이 삼천리를 굽어 영원히 우뚝 솟아 있다.

최자웅 시인은 이런 마음의 기조 위에서 시 「백두고원」을 썼다. 이런 시정신 앞에 삼팔선 따위는 물거품 같다. 금방 녹아떨어진다. 다시 백두산을 노래한 시를 읽어보자.

▶ **백두산 가는 길**

황지우

해발 2천 미터,
붕 떠 있는
자작나무 대산림지대

눈 그친 뒤
60년대산 除雪車 한 대
산으로 가고 있다
하늘로 올라가는 전갈처럼

만인의 발바닥에 닿아 있는 길,
모든 것은 主體로부터 나온다

그 길 끝
風景이 있거나 祠堂이 있으리

너무 그리워
이 사진은 靈前 같다

(1990)

낡은 제설차가 자작나무 숲길을 헤치며 백두산을 향해 올라가는 사진을 보고 황지우 시인은 이 시를 썼다. 시인의 눈에 그 제설차는 마치 '하늘로 올라가는 전갈' 같이 보였다. 황지우 시인이 이 시를 쓴 것은 1990년경으로 우리나라와 중화인민공화국이 국교를 맺기 전인 만큼 이런 사진도 구하기 힘든 시기였다. 그런지라 시인은 사진만 보고도 백두산이 그리워 이 시를 썼다. 백두산을 보고 싶다, 백두 영봉에 오르고 싶다는 생각은 남쪽에 사는 모든 사람들의 한결같은 열망이다. 이 열망은 곧 통일로 이어진다. 그래서 한중국교 이후 중국을 통해서 중국 쪽에서나마 백두산으로 오르는 남쪽 관광객의 봇물이 터졌던 것이다.

필자는 이 시를 문학평론적 입장에서 바라보지 않고 통일지향적 입장에서만 바라본다. 하지만 '주체(主體)'라는 낱말을 곧 주체사상과 연계짓는 것은 좀 범속하지 않을까 하는 생각이 들어 전민족적, 전지역적 자주정신으로 파악하고 싶다. 또 신주를 모셔놓는 곳이라는 '사당(祠堂)'은 보통사람 또는 그 이상의 인물을 추앙하는 곳이라는 것을 부언하고 싶다.

이 시의 결구 "너무 그리워 이 사진은 靈前 같다"라는 표현은 시재의 번득임과 동시에 백두산 그리움의 최고의 표현이라 생각된다. 필자는 1995년 8월 초 천지가에서 백두산 정상과 천지를 바라보고 웅장, 수려, 유수, 유구, 영원, 엄숙, 신비와 동시에 영험(靈驗)한 기운이 엄습함을 체험했다. 죄인이라면 '잘못했습니다' 하고 금방이라도 무릎을 꿇을 것 같은 엄숙한 느낌이 들었다. 그때 필자의 기분을 돌이켜볼 때 이 '영전(靈前)'이라는 시어는 아주 실감이 난다.

▶ **당신이 가신 뒤로**

이원규

당신이 가신 뒤로 코쟁이놈, 국방군이 들이닥쳤지요
아낙이고 처녀고 삽작문을 못 나서고
행여 골목이건 밭둑이건 마구마구 변을 당해도
찍소리 쨱소리 한 번 못하더니 결국
돌 마래미 순영이는 자살을 했구만요
양키놈 코쟁이놈 죽이고서 지도 죽고 말았구만요
당신이 기실 때, 인민군이 기실 때야
모다 양반이었지요 어쩌다 마실 소돼지를 잡아도

언지나 마실 어르신들 모셔다가 먼저 드시게 하시고는
인민해방이 될 때꺼정 조금만 참아달라며 백배사죄하셨지요
아낙들 하는 말이 "인민군은 고자들인가, 여자를 본 척도 않으이"
그런 시상은 벌써 가고 코쟁이놈들과 국방군들이 밀려와선
빨갱이동네, 제2의 모스크바라
젊은이들을 패죽이며 짐승 취급했지요
지는 날마다 본부에 끌려가 개처럼 맞지만
손톱 밑에 대침을 꽂아도, 고추가루 퍼부으며
한나절 문초당해도 지는 괜찮구만요
지겐 당신이 있으니, 쪽바리놈들보다 독한 놈들
지아무리 설쳐도 참말 괜찮구만요
등짝에 푸릇푸릇 멍자죽이 나지만
접때처럼 당신이 돌아오실 날 생각하문 하나도 서럽지 않구만요
시상사람 골고루 천대받지 않는 시상,
공평하게 사는 시상이 당신으로 오신다면
지는 괜찮구만요 참말 괜찮구만요

(1990)

　이 시의 화자는 여자임에도 불구하고 단단한 혁명의지로
무장되어 있다. 화자가 부르는 '당신'은 멀리는 반일독립투
사이거나 가깝게는 8·15해방 후 민주건국투사이다. 남편은
6·25전쟁 때 퇴각하는 인민군과 함께 어디론가 가버렸다.
　화자가 사는 마을은 8·15해방과 동시에 민주자주독립투쟁
이 요원의 불길처럼 일어나 이른바 '제2의 모스크바'라고 불
렸던 진보적 애국적 마을이다. 이런 곳을 당시 친일경찰과
우익은 '빨갱이 부락'이라고 불렀다.
　우리는 여기서 '빨갱이'라는 말에 대해 살펴볼 필요가 있다.

해방 직후 필자는 새로 생긴 동신일보(東新日報) 기자로 일하면서 1945년 10월 18일 조선총독부 건물 안 미8군 군정청 기자실에서 이승만을 처음 만났다. 미8군 사령관 하지 중장이 조선 신문기자들에게 이승만을 소개했다. 그때 이승만은 그 특유의 언성으로 "내가 태평양을 건너올 때 갈매기도 크게 환영해 줍데다"라는 첫마디로 자신의 소감을 밝혔다. 그러나 이승만의 귀국은 그 순간부터 우리에게는 분열과 비극의 시작이었을 뿐이다.

다 아는 바와 같이 8·15해방 직후 건국준비위원회 결성, 조선인민공화국 선포 과정에서는 우익진영은 끽소리 한마디 못했다. 그러던 것이 1945년 9월 8일 미군이 서울에 입성하자 우익은 그때부터 힘을 얻어 서서히 표면에 나타나기 시작했고, 10월 16일 이승만이 귀국한 후부터는 활동이 한층 활발지면서 좌익에 대한 탄압을 강화해 갔다. 그 해 11월 2일 천도교 회당(지금의 수운회관)에서 좌우익 거두들이 다 모인 가운데 독립촉성중앙협의회를 결성하려고 시도한 때만 해도 이승만은 좌익에 대해 야비한 지칭을 하지 않았다. 그러다가 우리 기자들도 참석한, 우익끼리만 모인 한 집회에서 이승만은 처음으로 '공산분자' '적색분자'라는 말을 쓰기 시작하였다. 그후 이 적색분자라는 말도 모자라 한층 더 비하시켜 사용한 말이 바로 '빨갱이'이라는 말이었다. 이 말의 개념에는 일차적으로 공산당원 남로당원이 포함되지만 광의로 볼 때 반일독립투사 진보적 민주애국운동가 일체가 포함된다.

이 '빨갱이'라는 말은 그후 반세기 동안 생사람 잡는 가장 무서운 무기의 하나가 되어 남한 사회를 휩쓸었던 것은 주지의 사실이다. 말 한마디가 이렇듯 살인무기로 남용된 예는 이 땅 말고 또 어디에 있겠는가.

이 시 「당신이 가신 뒤로」는 6·25전쟁 직후의 살인적 탄압상을 잘 그려내고 있다.

"아낙이고 쳐녀고 삽작문을 못 나서고 행여 골목이건 밭둑이건 마구마구 변을 당해도 찍소리 쩍소리 한 번 못하더니" "젊은이들을 패죽이며 짐승 취급했지요 손톱 밑에 대침을 꽂아도, 고추가루 퍼부으며 한나절 문초당해도 등짝에 푸릇푸릇 멍자죽이 나지만……."

한편 인민군에 대해서는 다음과 같이 말하고 있다.

"어쩌다 소돼지를 잡아도 마실 어르신들 모셔다가 먼저 드시게 하고" "아낙들 하는 말이 '인민군은 고자들인가, 여자를 본 척도 않으이.'"

시 중 화자는 무서운 고초를 당해도 "접때처럼 당신이 돌아오실 날 생각하문 하나도 서럽지 않구만"이라고 스스로 위안하고 희망을 잃지 않고 있다. 또한 "시상사람 골고루 천대받지 않는 시상, 공평하게 사는 시상이 당신으로 오신다면 지는 괜찮구만요, 참말 괜찮구만요."

이건 바로 혁명적 낭만주의의 희망적 삶이다.

다음으로 평화통일을 간절히 염원하는 문충성 시인의 「그날이 오면」을 읽어보자.

▶ 그날이 오면

문충성

바람만 가고 오는가
허리 아픈 한반도여

상처투성이
역사는
앉아도 서도 걸어다녀도
고쳐 누워도 돌아누워도
우리를 눈물나게 하누나
동서남북
가고 오는 길은 많지만
길이여 하나로 막혀 있구나
부지런히 땀흘려 일하고
우리가 노래불러 꿈꾸는 일은
오로지 평화통일- 남과 북이 하나 되는 날이여
그날이 오면
우리의 하늘도 쨍 새로 열리리
새들도 푸르게 푸르게
우리의 하늘을 날아오르리
봄
여름
가을
겨울
삼천리 곳곳에서
어디를 가나
어디에 있어도
구김 없는 웃음 웃고
그 웃음소리 듣게 되리
천세 만세 만세 속에
일렁이는 가슴가슴 하나로 모이리
자유와 평등과 박애가 넘쳐나리   (1990)

시인은 우리의 분단 현실에 대해서 우선 "바람만 가고 오는가"라고 한숨짓고 개탄한다. 시에서 첫줄은 아주 중요한데 성공적인 시구다. 조국 분단이 우리에게 앵겨준 고통을 다음과 같은 실감나는 시구로 형상화했다.

"앉아도 서도 걸어다녀도 / 고쳐누워도 돌아누워도 / 우리를 눈물나게 하누나."

이것은 우리의 일상생활 전체가 분단으로 하여 눈물짓고 고통받고 편안치 않다는 뜻이다.

문 시인은 제주도가 고향인 만큼 4·3항쟁의 쓰라린 기억을 떠올리며 이 시를 썼을 것이다. 인류사에서 전쟁은 죄악이다. 특히 민족간의 전쟁은 더 큰 죄악이다. 하물며 외세가 개입되었음에랴. 따라서 문 시인의 평화를 갈구하고 평화통일을 갈망하는 마음은 남다를 것이다. 시 후반을 다시 음미해 보자.

"삼천리 곳곳에서 / 어디를 가나 / 어디에 있어도 / 구김 없는 웃음 웃고 / 그 웃음소리 듣게 되리 / 천세 만세 만세 속에 / 일렁이는 가슴가슴 하나로 모이리 / 자유와 평등과 박애가 넘쳐나리."

▶ **한겨레의 샛별**
　─문 목사 이야기

최 형

오랜 세월 뒤 국사시간에
'겨레 자랑' 일깨우는 이야기가 이렇다.

오래 잘못 길들여진 눈에는
느닷없는 소용돌이 소식이었지만
누군가 진작 텄어야 할 길을
이분 문익환 목사가 비로소
하나 되는 가슴이게 뚫어 달리었다.

이에 누구보다 휘둥그래진 것은
하나 되면 설 자리 두려운 사람들
해바라기 감투족일수록 더 시끄럽게
'미치광이' '소영웅주의'라고 불끈대었다.

이럴 줄 알고
짐짓 '방북'을 눈감아 준 통속들이
큰일난 세상을 숨가쁘게 몰아가니
수다스런 기자 나리들 서로 뒤질세라
열나는 '만남'의 악수 마다에 눈을 부라렸다.

내 고향 내 하늘을
제대로 부둥켜안고
제대로 목메이다가 돌아왔는데
온 가슴 떳떳하게 돌아왔는데
제기랄! 붉은 지령 따라서 잠입한
'죄인'으로 쇠고랑이 채워졌다.
이른바 '7·7선언'의 신개발 올가미가
금메달급 솜씨를 보인 꼴이다.

끓어오른 법정의 아우성은

한두 차례 연기된 공판에서도
막지 못한 박수 소리 뜨거웠었다.
웃음도 환히 손 흔들어 보이고는
당당하고도 겸손한 진술로
저 하늘에 바치는 마음
이 역사에 던지는 몸인 것을.
얼마나의 징역 따위는 헤아리지도 않는 것을!

"검사님, '북괴'라는 말씀은 좀……
정부에서도 '북한'이라 하는 터에
이러니 국민들은 정신착란이 되구요,
'정상회담' 하자는 노 대통령이 김 주석 만나서
'당신은 북괴 수령'이라고 말해야 옳겠습니까?"

올가미 던져대는 야망의 출세가들이
제 감투 크기만큼의 무거운 형벌을 내렸다.
'무기' 구형이 마땅하지만 '10년' 징역!
항소심인들 한통속 어른인데도
크게 한번 공정한 시늉으로 '7년' 선고다.

해도 바뀐 한겨울, 여러 번의 옥고에
칠순의 문 목사는 무쇠 뜻과는 달리
부축받는 몸으로 지축지축 걸어나오던
얼굴도 휘누렇게 부세부세한 것이다.
한데도 '입원치료 불가'였다.

"저 미친 바보 같은 늙은이,

저 혼자 통일할 셈이라면 돌아오지나 말 일이지!"

누구보다 약게 살금대는 축들이
하늘 눈치 하나 잘 짚은 눈꼴로
더러는 점잖게 신앙 보자기를 쓰고
옆에서 돌 던져주는 게 고소롬히 구경스러웠다.

하나 분명한 것은, 이들이 6월의 함성에서
멀찍이 뒷짐을 지고 있었거나
오히려 눈흘기며 섬찍스러워했거나
제 실속에 박수치던 어제였음을
하늘은 안다.

어수선한 '민주화'의 꼬라지일수록
이들은 오히려 기분도 후련히
더 좀 커지는 목소리, 그 비판의 화살은 먼 후일에
제 후손들이 저에게 돌려 쏜다는 사실도
역사는 밝힌다.

조각 나라 한 많은 꿈길에서도
'잠꼬대 아닌 잠꼬대'로
휴전선 걸어서 걸어 넘어서
아니, 이 거리 저 골목 최루탄 속에서
쓰러지고, 으깨어지고, 불길로 곤두박힌
그 피바람 넋들을 끌어안아주고 싶어
짓밟히는 꽃봉오리에 대신해 주고 싶어
이 겨레 십자가 언덕을 넘었을 뿐인데!

그렇다, 언덕 이쪽에서
가장 미워하는 사람, 저쪽 수령을
뜨겁게 반겨 안았기에 쇠고랑 찬
이 땅의 문 목사 이야기는 수난일수록
내 꿈과 내 삶의 뼈대로서
한겨레 샛별로서 청사에 길이 돋아 돋아난다고
오늘도 다시 이렇게 옛이야기가 된다.

(1991)

　문익환 목사가 우리와 유명을 달리한 것은 1995년 1월인데, 최형 시인이 이 시를 쓴 것은 문 목사 생전인 1991년이다. 이 시는 훗날 국사시간에 '겨레 자랑'이라는 제목으로 문 목사 이야기를 들려주는 형식으로 되어 있다.
　문익환 목사는 1980년대 우리 민주화와 통일운동의 중심이었다. 그는 1970년대 후반부터 여섯 번에 걸쳐 12년간 옥살이를 치르면서도 통일운동에 대한 의지를 굽히지 않았다. 그가 없는 지금 우리는 통일운동의 중심을 잡지 못하고 있다. 그가 떠난 빈 자리는 세월이 지날수록 더 커보일 뿐이다. 그만큼 그는 남쪽 통일운동의 기둥이요 큰 인물이었다.
　문 목사가 북으로 간 것은 1989년 3월이었다. 문 목사의 방북은 당시 청천벽력과도 같은 일대 사건이었다. 정부측은 말할 것도 없고 일반 사회도 발칵 뒤집혔다.
　"하나 되면 설 자리 두려운 사람들 / 해바라기 감투족일수록 더 시끄럽게 / '미치광이' '소영웅주의'라고 불끈대었다."
　그와 가까운 종교인조차 '미친 사람'이라고 냉소했는데, 그때 필자는 되레 「미친 사람은 당신」이라는 행사시를 쓴 기억이 난다. 생각해 보라. 분단 44년에도 통일할 생각을 안 하는 사람이 어디 제정신인가.

통일하자고 평양에 다녀온 죄 없는 문 목사를 재판하는 법정을 구경해 보자.

"검사님, '북괴'라는 말씀은 좀…… / 정부에서도 '북한'이라 하는 터에 / 이러니 국민들은 정신착란이 되구요, / '정상회담' 하자는 노 대통령이 김 주석 만나서 / '당신은 북괴 수령'이라고 말해야 옳겠습니까?"

그때 첫 공판에서 문 목사와 검사와의 논쟁은 참으로 통쾌했다. 문 목사는 평양에 가서 김 주석과 뜨겁게 포옹했었는데 당시의 텔레비전은 그 포옹장면을 유난히 똑똑히, 길게 보여주었다. 뒷날 증거장면으로 톡톡히 써먹을 심산이었으리라. 검사는 이 장면을 물고늘어졌다. 용서 못할 북괴 찬양이라는 거다. 이때 방청석 맨 앞자리에 앉아 있던 백발의 할머니 한 분이 벌떡 일어섰다. 93세의 목 목사 어머니셨다.

"여보시오. 목사가 아니면 누가 그 사람을 안아줍니까. 하느님은 원수와 죄인과 문둥병 환자는 안아주라고 가르쳤습니다. 김일성이를 안아준 것이 무슨 죄가 된단 말이오?"

노모의 명항변에 모처럼의 검사도 대답할 말을 잃었다. 방청석에서는 '옳소'라는 탄성이 터졌다. 시행은 계속 문 목사를 변호한다.

"조각 나라 한 많은 꿈길에서도 / '잠꼬대 아닌 잠꼬대'로 휴전선 걸어서 걸어 넘어서 / 아니, 이 거리 저 골목 최루탄 속에서 / 쓰러지고, 으깨어지고, 불길로 곤두박힌 / 그 피 바람 넋들을 끌어안아주고 싶어 / 짓밟히는 꽃봉오리에 대신해 주고 싶어 / 이 겨레 십자가 언덕을 넘었을 뿐인데!"

시인은 다음과 같은 간절한 말로 시를 끝맺는다.

"문 목사 이야기는 수난일수록 / 내 꿈과 내 삶의 뼈대로

서 / 한겨레 샛별로서 청사에 길이 돋아 돋아난다고 / 오늘
도 다시 이렇게 옛이야기가 된다."

▶ **백두산**

김창규

갈 수 없는 땅
문익환 목사님은 갔다
백두산의 짙푸른 하늘 아래
구름송이풀 꽃 피어 아름다운 천문봉
바위구절초, 화살곰취, 씨범꼬리, 큰오이풀
백두산의 사슴떼들도 바위종달새도 울어 소리를 냈다
위대한 문익환 목사를 환영했다
휴전선 피어 있는
진달래꽃이 남북으로 불붙어
한라산 백록담
백두산 천지의 물이 쏟아져 내렸다
평양과 서울을 들뜨게 했다
백두산 우리들의 꿈은
휴전선 철조망, 안동교도소, 국가보안법으로
붉게 색칠해져서
밧줄로 묶이어도
문익환의 꿈은 백두산이었다

(1991)

제목은 「백두산」이지만 내용은 문익환 목사가 1989년 3월

평양에 다녀온 사실을 담고 있다. 시는 "갈 수 없는 땅 / 문익환 목사님은 갔다"로 시작된다. 이건 과연 역사적으로 중요한 사건이었다. 청주에서 목회 활동과 시작 활동을 하며 민족민주운동에도 헌신하는 김창규 목사가 이 시를 쓴 것은 1991년으로 문 목사가 안동교도소에 있을 때다. 김 목사는 이미 1987년에 「문 목사님」이라는 시를 통해 한국 민주화운동과 통일운동의 한복판에 자리하고 있던 문익환 목사를 작품화한 바 있다.

다른 데서도 말했지만 시에서는 구체적 실물을 챙겨대는 것이 아주 효과적이다.

구름송이풀, 바위구절초, 화살곰취, 씨범꼬리, 사슴떼, 바위종달새 등 백두산 동식물도 문익환 목사를 환영했다고 썼다. 또 휴전선의 진달래꽃도 남북으로 불붙고 백록담 천지물도 쏟아져 내렸다는 것이다. "휴전선 철조망, 안동교도소, 국가보안법으로 / 붉게 색칠해져서"라는 표현은 국가보안법이 모든 것을 꽉 틀어막고 꽁꽁 묶어버렸다는 뜻이다.

시 마지막 줄 "밧줄로 묶이어도 / 문익환의 꿈은 백두산이었다"는 문 목사의 굳건한 의지와 최대의 꿈은 남북통일이라는 것을 격조높이 강조한 대목이다.

백두산은 우리 겨레 최고의 명산, 성산, 영산, 무엇보다도 조종산인 만큼 우리들의 최고의 꿈, 즉 통일은 백두산과 연계될 수밖에 없다.

▶ **아메리카에게**

이승철

네놈 생명줄 왜 그리 질긴지 모르겠다
뻿세디뻿세어 반도땅 사방천지 어디서나 눌러붙은
찰거머리 같은 것들아
총칼로 세워 만든 너희 앞잡이들
몇십 년 권세쯤이야
하루살이 목숨일 때가 온다.
거리를 얼어붙게 하고
이젠 생존의 일터마저 짓밟아댄다 해도
잠시 동안, 그렇다 잠시 동안 고개 숙일 뿐
오히려 산불처럼 불타오르는 것이 우리 속성이다.
마른 수수떡 하나로 끼니를 때우고
두툼한 외투 하나 없이 빙판길 내달리며
살아야겠다고, 이대로 너희 밥이 될 수 없다고
자나깨나 앉으나서나 다짐하며
분단조국 46년 온갖 서러움 자기 탓으로 돌리던 우리였다.
산 입에 거미줄 치지 않기 위해 몸 팔던 자 우리였다.
이 산하 구석구석 독과점으로 뿌리박은
으흐 야만적인 무리들아
너희가 저지른 씻을 수 없는 죄악들이 쌓이고 쌓여
바로 널 녹슬게 하리라 바로 널 베히리라.
어서 어서 물러가라 하루빨리 무릎 꿇어라.
네 죽음을 알리는 한맺힌 싸움 이미 불붙어서
삼천리 골골마다 떨쳐 일어섰으니
두고 보라, 참꽃 피는 새아침이 머잖아 펼쳐짐을.

(1991)

1945년 9월 8일 서울에 입성한 미군이 민주주의 원칙에 입각해 당시 남조선인민의 다수의견에 따랐더라면 애당초 남북 분단은 생겨날 수 없었다. 그러나 소수 친일, 친미 분자들의 의견에만 의존해 대한민국 정부 수립을 밀고 나갔기 때문에 남북 분단의 기초가 마련되었다.

남북 분단 반세기가 넘은 오늘날 남쪽에 사는 우리들은 미군, 나아가서는 미국을 원망, 저주하지 않을 수 없다.

이러한 의식의 밑바탕에서 이승철은 시 「아메리카에게」를 썼다. 우선 첫마디부터 "네놈 생명줄 왜 그리 질긴지 모르겠다"고 분통을 터뜨렸다.

"찰거머리 같은 것들아 / 총칼로 세워 만든 너희 앞잡이들 / 몇십 년 권세쯤이야 / 하루살이 목숨일 때가 온다"고 국민 전체의 자주의지를 과시한다. 참다 못한 분노의 절규다.

생존의지를 짓밟히고 가난에 허덕이지만 국민의 의지는 타오르는 산불 같다고 했다.

"너희가 저지른 씻을 수 없는 죄악들이 쌓이고 쌓여 / 바로 널 녹슬게 하리라 바로 널 베히리라"고 미국의 대한정책의 반민족적 모순을 지적한다. 그리고 끝으로 "한맺힌 싸움 이미 불붙어서 / 삼천리 골골마다 떨쳐 일어섰으니 / 두고 보라, 참꽃 피는 새아침이 머잖아 펼쳐짐을."

이렇듯 외세 없는 조국통일의 앞날을 확고히 예견하고 있다.

▶ **오월 이 아침에도**

윤재철

오월은 내게 그렇게 있다
슬픔처럼 꽃이 진 뒤

아무 일도 없었다는 듯 피어나는
봄 나무 여린 잎새로 있다
연록으로 초록으로 피어
가파른 능선을 잡고 기어올라
우람한 신록의 산이 되는
봄 나무 가장 여린 잎새로 있다

때로는 잊은 듯이
아무 상관 없는 듯이 살지만
지하철역 수많은 사람들의
물결 속에 눈뜨는 아침
좁은 통로를 따라 계단을 따라
묵묵히 밀려가고 밀려오는
사람들의 말없이 깊은 숨소리 속에 있다

오, 침묵이여
침묵 속에 피어나는
봄 나무 여린 잎새여
오월 이 아침에도
강을 건너 철조망을 넘어가며
피 흘리는 살의 잎새여

(1992)

　오월 하면 두말할 것도 없이 메이데이의 오월이요 광주항
쟁의 오월이다. 초록이 만산을 덮는 오월임은 물론이다. 80년
대 민중시에서 이런 오월의 노래를 많이 들었다. ‘만국노동
자여! 단결하라!’는 투쟁적 명제는 막강한 자본주의와 싸우

는 데 가장 힘있고 확실한 무기였다.

그러나 위 시에 나타난 시인 윤재철의 목소리는 낮고 잔잔하고 겸손하다. "봄나무 가장 어린 잎새"로 자처한다. 수많은 사람들의 물결 속에 묵묵히 밀려가고 밀려오면서도 "침묵 속에 피어나는 / 봄 나무 어린 잎새"라고 목소리를 낮췄다.

시는 "오월의 이 아침에도 / 강을 건너 철조망을 넘어가며 / 피 흘리는 삶의 잎새여"라고 약간 톤을 높여 통일을 앞당기려는 의지를 확실히 했다.

▶ **박 형**

이상국

북쪽엔 겨울이 더 빠르다지요
설악에도 두어 차례 눈이 왔습니다
쉬 시간이 날 것 같지 않아 우선 글발 드립니다
전에도 이야기가 있었지만
우리가 너무 평양이나 서울에만 매달릴 게 아니라
우선 원산에서 양양에 이르는 영동정서를
동인지로 묶어내고 싶습니다
백두대간 동쪽 풍광도 풍광이지만
바닷가 사람들 삶의 이야기는 또 얼마나 진합니까
통천 고성 분들께도 전화드렸습니다
더 춥기 전에 날잡아 내려오십시오
동인 이름도 짓고 상견례도 겸해 한번 모여야지요
언젠가 부탁드렸던 백석 선생 시집 잊지 마시고
수삼 인삼주도 몇 병 가져오세요

송이 말려놓은 게 좀 있습니다
동해 북부선으로 10시쯤 원산 떠나면
오후 2시경 연창역에 닿을 겁니다
아이들도 보고 싶습니다

　　　무진 시월 양양에서

(1992)

　시는 화자가 양양에서 이북의 박형에게 편지를 보내는 형
식으로 되어 있다. 이 시의 시각에는 애시당초 삼팔선 따위
는 존재하지 않는다. 삼팔선을 쳐부수자느니 밀어내자느니
하는 직격탄 시보다 일보 전진한 새로운 시작 태도로 아주
신선하다. 그만큼 시적인 효과도 크다.
　"우리가 너무 평양이나 서울에만 매달릴 게 아니라 / 우선
원산에서 양양에 이르는 영동정서를 / 동인지로 묶어내고
싶습니다."
　이상국 시인은 이 발언에서 원칙적이요 중요한 두 가지 문
제를 제기하고 있다. 중앙중심주의의 탈피와 양양과 원산을
잇는 영동문화권 결성 문제가 바로 그것이다. 전자도 그러려
니와 후자의 경우 이보다 더한 통일지향적인 발언이 어디
있단 말인가. 통쾌하다. 시의 위력이 이 정도라면 '시여, 영
광이 있으라!' 다.
　시치미를 딱 떼고 백석 시집이나 인삼주 부탁도 아주 자연
스럽고 그럴싸하다. 50년 분단에도 불구하고 50년 만에 말을
던지는 북쪽 박형과 마치 엊그제 만났던 사람처럼 정감이
넘치는 글발을 전할 수 있다는 것은 얼마나 마음 든든한 일
인가. 사실, 우리 백성들은 분단선이 생긴 그날부터 오늘에

이르기까지 이미 텔레파시로 다정다감한 대화를 나누어오지
않았던가. 이런 마당에 남북 이질 운운 따위는 한낱 허망일
따름이다. 원산에서 연창역까지는 동해북부선으로 네 시간
거리란다. 그 네 시간 거리가 지난 50여 년 동안 한 번도 뚫
린 적이 없다니, 이런 기막히고 원통한 일이 세상천지 어디
에 또 있단 말인가.

▶ **통일조국 어머니**

차옥혜

더 이상 흘릴 피도
찢길 살도 없는 뼈들이
바람구멍 숭숭 난 뼈들이
숯덩이가 된 뼈들이
진흙구덩이에 버려지고 처박혀서도
사무쳐 당신을 부릅니다 어머니
캄캄하던 당신이
요즈음 앞산 너머 그 앞산에서
간간이 메아리를 보내오고
눈보라 벌판 끝에서
언뜻언뜻 모습을 보이니
더욱 간절합니다 사무칩니다 어머니
어리석은 자식들
남의 장단에 당신의 뼈와 살을
남북으로 가르며
마주 총부리를 겨누던 날

우리의 싸움은
어머니의 죽음이고
우리들의 멸망이라는 것
타이르시며
비극의 시간을 깨뜨리려
몸부림치던 어머니
열 손가락 물어
안 아픈 손 있는 줄 아느냐고 통곡하며
어쩔 수 없이 떠나신 어머니
우리는 당신을 너무도 오랫동안
배반했습니다
어머니 어서
첩첩산을 무너뜨리고
눈보라를 걷어내며 오셔서
철부지 자식들을 품어주소서
우리들은 오직
어머니의 품에서만
꽃이 될 수 있습니다
어머니
통일조국 어머니

(1992)

통일조국이라는 민족적, 역사적 대명제를 의인화해서 어머니와 동격에 놓고 어머니를 생각하는 간절한 심정으로 조국 통일을 열망한 노래다.

"더 이상 흘릴 피도 / 찢길 살도 없는 뼈들이 / 바람구멍 숭숭 난 뼈들이 / 숯덩이가 된 뼈들이 / 진흙구덩이에 버려

지고 처박혀서도"란 지금까지 조국통일을 위한 수많은 활동과 싸움들이 탄압받고 무위로 돌아간 비극적 상황을 상징하는 표현이다. 하지만 잊어버릴 수도 없고 포기할 수도 없는 인륜, 천륜의 관계이기 때문에 '사무쳐 당신을 부릅니다'라고 절규한다.

"캄캄하던 당신이 / 요즈음 앞산 너머 그 앞산에서 / 간간이 메아리를 보내오고 / 눈보라 벌판 끝에서 / 언뜻언뜻 모습을 보이니"란 7·4남북공동성명이라든가 북쪽에서 쌀이 온 사실이라든가 남북교류협력 기본합의서 등 조국통일을 향한 희망적 사건들을 벅찬 감격으로 떠올리며 "더욱 간절합니다 사무칩니다 어머니" 하고 또 한 번 울먹인다.

그러나 철부지 위정자들은 외세와 손잡고 막대한 혈세로 무기를 사들여 분단선에서 북쪽 형제와 총대를 맞대고 서 있다. 이럴 때 통일조국이라는 어머니는 어떻게 가르쳤고 어떻게 했는가?

"우리의 싸움은 / 어머니의 죽음이고 / 우리들의 멸망이라는 것 / 타이르시며 / 비극의 시간을 깨뜨리려 / 몸부림치던 어머니"였고 "열 손가락 물어 / 안 아픈 손 있는 줄 아느냐고 통곡"했다.

우리 국민들은 반공교육 때문에, 무지했기 때문에, 성의가 없었기 때문에 어쩔 수 없이 조국통일을 소홀히 했든가 잊고 있었던 사실에 대해서 차옥혜 시인은 "우리는 당신을 너무도 오랫동안 배반했습니다"라고 비장한 심정으로 후회하고 있다. 그리고 마지막으로 조국통일을 가로막는 첩첩산을 무너뜨리고 짓부수고 사나운 눈보라를 헤치고 걷어내며 통일조국 거룩한 어머니가 오셔서 "철부지 자식들을 품어주소서" 하고 기도하고, 우리들은 "어머니의 품에서만 / 꽃이 될

수 있습니다" 하고 통일조국 어머니를 목놓아 간절히 부른
다.

▶ 한 알의 종자가 조국을 바꾸리라

홍일선

그렇다 문제는 종자다
아무리 척박한 땅에서도 좋은 종자는
한 몸 뒤집어 별빛 환한 밤
꽃 피워 열매 맺는다
좋은 종자만이 어둠을 뚫고
모진 세월 이길 수 있다
한겨울 언 땅과 싸워 이겨
시퍼렇게 소생하는 보리를 보라
문제는 오직 종자다
한 알의 종자가 사람과 한 몸이 되어
마침내 민중의 밥이 되는 것을 아는가
황토의 넘치는 사랑을 너희놈들은 모르리라
농민의 피땀이 녹아 있는 퇴비보다는
비료로 농사짓는 게 훨씬 편하다고
45년간이나 믿으며 살아온 놈들이
이젠 미국이 조국인 양 믿고 사는 놈들이
진짜배기 종자 알짜배기 종자를 알 턱이 있겠는가
지금이라도 늦지는 않았다
황토에 잘 맞아
북녘땅에도 맞고 남녘땅에도 맞는

우리 종자, 우리 종자를 더 늦기 전에
오늘이라도 파종해야 한다
사람 잡아먹는, 땅 죽여놓는
주검의 농약 치지 않고서도
매판 독점 재벌놈들 살찌우는
비료 따위 쓰지 않고서도
외양간 쇠똥 거름만으로도
우리집 한 해 농사 거뜬히 챙겨줄 종자
황토를 옥토로 바꿔놓을 생명의 종자
저기 있지 않은가!
이제는 종자를 바꿀 때다
이제는 우리 땅에 맞는 종자를
우리가 우리 손으로 직접 고를 때다
북녘 종자 따로 있고 남녘 종자 따로 있다고
요변을 떨며 이 땅을 갈라놓은 놈들아
저기 저 푸르른 논을 보라
눈이 있거든 저 밭을 보라
삼천리 강토에 딱 맞아
이 땅 어느 곳에 심어도 잘 맞아
가문 날 황토에도 무럭무럭 자라
우리들의 넉넉하고도 평등한 밥이 되어주는
우리 종자, 우리 종자를 보아라
그렇다 문제는 종자다
한 알의 종자가 조국을 바꾸리라

(1992)

시 「한 알의 종자가 세상을 바꾸리라」를 읽고 그 당당한 목소리, 도도한 웅변, 힘찬 호흡에 나는 압도되었다. 틀린 데는 한 군데도 없고 다 옳은 말이었다. 더구나 이 시가 씌어진 것은 1992년경으로 국제적으로는 소련을 위시한 동구 사회주의 정권이 붕괴된 후요, 국내적으로는 1980년대 도도한 민주화운동이 1991년 5월 강경대부활투쟁을 마지막으로 황혼길에 접어든 우울한 시기였다. 그럼에도 불구하고 홍일선 시인의 목소리가 구김살 없이 분류된 데 놀랐다.

나는 '종자'가 의미하는 것이 과연 무엇일까 곰곰이 생각해 보았다. 이희승 박사의 국어대사전 종자의 풀이에는 '씨' 외에 '일체의 현상, 사물로서 나타내야 할 세력'이라고 했다. 영어의 'seed'나 일어의 '다네(다네)' 풀이에도 '씨' 외에 '원인' '근원'이라는 설명이 곁들여 있었다.

그렇다면 이 시에서 종자가 내포하는 구체적인 내용은 과연 무엇일까? 자주, 주체, 애국, 혁신, 혁명, 토종, 진리, 민주, 통일, 생명 등의 씨알이 아닐까고 추측해 본다. 시의 첫줄 "그렇다 문제는 종자다"라는 결연한 선언은 독자로 하여금 이 시를 끝까지 읽게 하는 위력을 지녔다. 좋은 종자는 척박한 땅에서도 꽃을 피워 열매를 맺고 모진 세월을 이길 수 있다고 작자는 단언한다.

관계기관에서는 화학비료를 권장하지만 그것은 흙의 기운을 빼앗는 결과만 초래한다. 그것보다 '농민의 피땀이 녹아 있는 퇴비'를 사용하는 것이 흙의 기운을 영원히 보존한다는 철칙을 농민들은 잘 안다. 재벌의 수익금과 관련된 이 대목을 설파한 홍일선 시인의 발언은 가히 천금의 무게를 지닌다. 외세에 아첨하고 외세를 떠받드는 역대 정권을 일갈하는 대목도 그렇다. 작자는 "북녘땅에도 맞고 남녘땅에도 맞는 우리 종자"를 늦기 전에 파종할 것을 권고한다. 이것은

하루바삐 자주의 씨앗, 민주의 씨앗, 통일의 씨앗을 심으라는
간곡한 애국애족의 호소다. "이제는 종자를 바꿀 때다"라는
뜻은 지금까지 심은 종자는 반통일, 반공 외세의존 종자이니
까 이제부터는 나쁜 종자는 바꾸라는 뜻이다.
  "삼천리 강토에 딱 맞아 / 이 땅 어느 곳에 심어도 잘 맞
아 / 가문 날 황토에도 무럭무럭 자라 / 우리들의 넉넉하고
도 평등한 밥이 되어주는 / 우리 종자, 우리 종자를 보아라"
고 삼천리의 넉넉한 미래상을 펼쳐보이고 있는 시는 마지막
을 "그렇다 문제는 종자다 / 한 알의 종자가 조국을 바꾸리
라"는 시구로 끝맺으면서 조국의 미래에 대한 희망찬 신념
과 자신감을 드러내고 있다.

▶ **삼십 년**

문부식

무엇을 기다려
삼십 년인가
바람에 날려온 키 큰 미루나무
이파리들처럼
떠나지 못하고
높은 담장 안을 맴돌기만 하는
당신들은
도대체 무엇을 기다려
삼십 년인가

한 아이가 태어나서

자라 소년이 되고
청년이 되어 결혼을 하고
마침내 그 또한 아비가 될 수 있는
그런 세월을

담 안에 또
담장 겹겹이 둘러싸인
미전향 특별사
무덤 속같이 나뉘어진 독방에
갇혀
오늘도 새벽같이 찬 수건에 몸을 닦으며
도대체 당신들은 무엇을 기다려
삼십 년인가

미쳐버리지 않았는가
당신들은 어찌 미쳐버리지도 않았는가
미쳐버린 조국의 역사
미쳐버린 조국의 세월
고문의 상채기 온몸에 지닌 채
어찌 당신들은
오늘도 백발의 젊음일 수 있는가

조국이여
원통한 반역의 세월이여
오를 수 없는 산이여 갈 수 없는
고향이여
이제는 기다림이란 말조차 세월 속에

묻어버린 반백의 빨치산이여
당신들은 어찌
오늘도 조국의 운명을
당신들의 운명이라 믿어버릴 수 있는가
받아들일 수 있는가

(1992)

　문부식 시인의 첫 시집 『꽃들』에서 통일시를 찾다가 「삼십 년」을 골라 일독하고 나는 탄성을 질렀다. 문부식은 1959년생으로 「삼십 년」은 그의 나이 34세 때 쓴 시다. 그는 두 차례 옥고로 8년 3개 월간 징역을 산 1980년대가 낳은 투사요 신진 시인이다. 문부식은 시를 쓰는 게 아니라 시를 토해 낸다. 「삼십 년」에 울리는 그의 목소리는 우렁차고 진실되다. 반백 년 분단시대를 짓부수는 장엄한 함성이다.

　「삼십 년」은 어떻게 해서 씌어졌을까. 옥중에서 삼십 년간 독방에 갇혀 있는 빨치산 출신 미전향 장기수들과 접촉할 행운을 잡았던 것 같다. 「삼십 년」은 "무엇을 기다려 삼십 년인가"라는 감동적 물음으로 시작된다. 철두철미 반공교육을 받은 보통의 반공세대에게 미전향 장기수는 헛수고만 하는 미련한 존재로밖에 보이지 않을 것이다. 그러나 영리한 문부식은 반공의 미몽을 뚫고 이미 진리의 새싹을 잡은 터라 그들의 고생이 헛고생이 아님을 이미 깨쳤다. 그러면서도 시치미를 떼고 넌지시 "무엇을 기다려 삼십 년인가"고 질문조의 감탄사로 말을 던지는 것이다.

　문부식은 뼈에 가죽만 붙은 깡마른 장기수의 모습을 '바람에 날려온 키큰 미루나무 이파리'에 비유했다. 이런 몰골에도 불구하고 그는 왜 전향서를 쓰지 않고 무얼 기다리는가.

진리를 향해 인간의 지조를 지키며 조국통일을 기다리는 것이다. 4연의 "미쳐버리지 않았는가 / 당신들은 어찌 미쳐버리지도 않았는가"고 다그쳐 두 번 묻는 질문은 그 장기수들이 살아남아서 살아온 끔찍스러운 고통의 엄청남을 말해 준다. 이미 출소한 장기수들의 말에 의하면 상상을 초월한 엄청난 고문의 고통과 옥살이 고통에서 미치는 것이 정상이요 미치지 않는 것이 비정상이라고 했다. 그래서 문부식은 그들의 의지력에 압도되어 경탄한 나머지 이런 시를 토해 내고 있는 것이다.

문부식은 조국의 역사가 미쳐버렸다고 단정한다. 그 미쳐버린 역사에 할퀴고 찢기면서도 백발의 젊음을 간직하고 있는 의지덩이들에게 "오늘도 조국의 운명을 / 당신들의 운명이라 믿어버릴 수 있는가"라고 최대의 경탄사를 보내는 것이다.

▶ **우리집 앞강**

오봉옥

우리집 앞강 배꼽머리껜 돌다리와 북쪽으로 흐르는 강물이 있다
돌다리도 그냥 돌다리가 아니라 아비가 건너간 돌다리이다
강물도 그냥 강물이 아니라 아비를 데리고 간 강물이다

나는 언제부터인가 돌다리에 앉아 강물에 손 담그는 게 버릇이다
아니 강물에 비치는 뜨거운 심장을 엿보는 게
넋 나간 듯이 북으로 간 아비도 만나보는 게 버릇이다
그 아비가 오늘은 그러더라 서울서 온 가시내를 보고서 아, 내

가 살아 있었다고, 두고 온 아내, 두고 온 자식놈도 있었다고 눈
물 한 주먹 흘리더라

　　우리집 앞강 배꼽머리껜 돌다리와 북쪽으로 흐르는 강물이 있다
　　그런데 말이다 그 강물엔 작년에 죽은 울 엄니 넋도 있다
　　한사코 그 강물에만 뿌려달라는 아우성도 있다.

(1993)

　나는 이 시를 통일지향적이라는 대전제를 놓고 세 가지 측
면에서 주목한다. 첫째는 의식의 건강성이요, 둘째는 혈육의
정이요, 셋째는 시적 기교다.
　의식의 건강성을 살펴본다면, 임화는 일찍이 1938년 그의
대표작 「현해탄」에서 "현해탄 봄바람은 과연 반도의 북풍보
다 따사로왔는가? 대륙의 물결은 정녕 현해탄보다도 얕았는
가?"고 반문했는데, 이는 반도의 북풍과 대륙의 물결에 무게
를 싣고 있었고, "대륙의 삭풍 가운데 / 한결같이 사내다웁
던 / 모든 청년들의 명예와 더불어 / 이 바다를 노래하고 싶
다"고 심회를 털어놓은 바 있다.
　60년 전 임화의 이 발언은 오늘도 우리들에게 유효하다고
본다. 그 근거가 뭐냐고 묻는다면 그 대답이 장황하여 별고
로 미룰 수밖에 없다. 굳이 대답을 요구한다면 "역사에 물어
보라"고 대답하겠다.
　다음으로 혈육의 정 측면에서 고찰해 볼까 한다. 봉건사회
에서는 무조건 아버지를 따라야 하지만 민주사회에서는 그
른 것은 따르지 않아도 된다. 이 시의 화자의 아버지는 북으
로, 흐르는 강물 따라 북으로 가버렸다. 그리하여 그 아들은
'강물에 손 담그'고 '강물에 비치는 뜨거운 심장을 엿보'고

1990년대 전반　◆　183

'넋 나간 듯이 북으로 간 아비도 만나보는' 것이다. 화자의 아비는 옛 식민지 시절 독립운동을 했고 해방 후는 민주화 운동, 통일운동의 선봉에 섰을지도 모른다. 그런 불굴의 아버지를 간절히 생각하는 것은 얼마나 큰 부자지정이며 효도가 아니겠는가. 독자는 그저 가슴이 찡할 뿐이다. 마지막 연을 보면 "그 강물엔 작년에 죽은 울 엄니 넋도 있다 / 한사코 그 강물에만 뿌려달라는 아우성도 있다"고 읊었다.

  어머니는 남편을 기다리다 못해, 생이별의 한에 맺히다 못해 천수를 다하지 못하고 죽었는데, 유언으로 남편을 데리고 간 저 강물에 자기의 넋을 뿌려달라고 울먹였던 것이다. 사후에라도 꼭 남편을 만나보겠다는 열부의 마지막 모습이 약여하다.

  끝으로 시적 기교에 대해서 말한다면, 우선 시의 얼개가 잘 짜여져 있다. 북으로 흐르는 앞강, 돌다리, 강물 따라 북으로 간 아버지, 저 앞강에 넋을 뿌려달라는 어머니의 유언, 여기에 화자의 건강한 사유가 관조등을 내걸었다. 배꼽머리라는 고유 속칭과 울 엄니라는 토속 사투리도 향토색이 물씬거려 좋다. '북으로 흐르는 강물' '아비를 데리고 간 강물'이라는 은유적인 시구로 독자의 호기심을 이끌어가는 솜씨도 만만찮다. '강물에 손을 담그는 버릇' '강물에 비치는 뜨거운 심장을 엿보는' '북으로 간 아비를 만나보는' 등의 시구는 깊은 사색이 아니고는 불가능한 영상이다.

  3연에서 화자는 진실의 능청을 떨며 "아비가 오늘은 그러더라 서울서 온 가시내를 보고서 아, 내가 살아 있었다고, 두고 온 아내, 두고 온 자식놈도 있었다고 눈물 한 주먹 흘리더라"고 상상의 나래를 편다. 아들과 아버지는 시공을 초월해 텔레파시로 대화하고 있는 것이다.

이 시에서 작자가 독자의 정감을 고조시키기 위해 반복법
과 점증법을 원용한 부분도 가상한 점이다.
　시「우리집 앞강」은 6·25전쟁 후 우리의 비극적 가족사를
잘 드러내 보여주는 혁명적, 낭만주의적 작품으로 조국통일
에 대한 확고한 신념 없이는 쓸 수 없는 작품이다. 흔히들
민중시는 기교면에서 약하다는 평을 들어왔는데「우리집 앞
강」수준이라면 이런 약점을 보완하고도 남음이 있겠다.

▶ **그리운 금강산**
　－김지영님에게

박 철

이제는 중년부인이 된
옛 애인의 모습 정도일지도 모른다
거칠어진 손으로 아이의 궁둥이를 내려치고
쓰윽 콧물이나 닦아주는
시장바닥의 어머니인지도 모른다
그러나 저미도록
그리운 금강산

(1993)

　박철 시인이 이 시를 쓴 것은 1993년 문민정부 출범 직후
다. 그 전 같으면 이북땅 금강산을 그립다고 했으니까 국가
보안법에 걸릴 수도 있는 대목이다. 문민정부 초기의 덕을
본 셈이다. 시 제목은「그리운 금강산」이요 부제는 '김지영
님에게'이다. 옛님과 금강산을 그리움 차원에서 동격에 놓았

다는 점에서 이 시 발상의 묘미가 있다. 옛님과 같이 금강산을 그립다고 했으니 금강산에 대한 그리움이 대단함을 알 수 있다. 이것은 곧 통일의 열망으로 이어진다. "저미도록 그리운 금강산"이라는 결구는 이 시의 시적 품격을 높여준다. 이 결구 밑바닥에는 '저미도록 그리운 통일'이라는 열망이 왕눈을 켜고 있음을 본다.

반공세대의 놀라운 깨침이여!

▶ 백두산 사진을 보며·1

김시천

그냥은 가지 않으리라
이대로, 분단의 사슬을 둔 채로
남의 땅으로 돌고 돌아
훔치듯
그렇게는 가지 않으리라

그리하여 끝끝내
내 평생에 단 한 번을
가보지 못한다 할지라도
그렇게는 가지 않으리라

한라에서 바라보는 백두의
저 서늘한 눈빛
우리가 그 눈빛을 닮아
곧은 길로만 가리라

곧장 내달아 가리라
분단의 오랜 고통 가신 뒤에야
하나 된 조국의 풋풋한 살냄새 맡으며
훠어이 훠어이
통곡으로 가리라

(1993)

"그냥은 가지 않으리라"로 시작되는 시 1연은 백두산으로 가되 중국땅을 돌고 돌아 가지는 않겠다는 것이다. 우리 삼천리 조국땅인 북쪽을 거쳐서만 백두산으로 가겠다는 작자의 강렬한 의지 표명이다. 필자도 1995년 7월 말 중국 심양 연변을 거쳐 백두산으로 갈 때 참으로 가슴 아프고 분개하고 한편 부끄럽기 짝이 없었다. 우리 백의민족이 왜 이 꼴이 됐나 싶어 탄식마저 터졌던 기억이 새롭다.

3연의 "한라에서 바라보는 백두의 / 저 서늘한 눈빛 / 우리가 그 눈빛을 닮아 / 곧은 길로만 가리라"는 이미지 제시와 결의는 우리 강산의 수려함과 대쪽 같은 민족정신을 노래한 대목이다.

마지막 연에서 김시천 시인은 민족의 영산 백두산에 가되 언제, 어떻게 가는가를 일러준다.

"분단의 오랜 고통 가신 뒤에야 / 하나 된 조국의 풋풋한 살냄새 맡으며 / 훠어이 훠어이 / 통곡으로 가리라."

그렇다. 벌써 분단 반백년인데 어찌 통곡 없이 갈 수가 있겠는가. 그러나 그 통곡이 언제일지 국민 각자의 결의와 싸움의 열기만이 그날을 앞당길 수 있다.

▶ 관측소에서

박윤규

우전방 70도로 돌리면 금강산이 보입니다.
맑은 날 옥녀봉 계곡엔
인민군 여군관들 목욕하는 것도 보이죠.
아주 쬑입니다.
장비 점검중
관측병 녀석의 너스레에 끌려
포대경에 눈을 박고
아무리 초점을 맞춰봐도
연보라색 형체만 아득할 뿐
금강산은 안개를 걷지 않았고,
천천히 포대경을 좌회전시키다가
낯익은 풍경에 초점을 잡았다.
우리와 똑같은 박박머리 졸병들이
몽둥이를 든 군관의 지시에 따라
지하 벙커를 토끼뜀으로 드나드는
얼차려를 받고 있었다.
선착순!

(1993)

휴전선 155마일 전방에서 우리 국군과 북쪽 인민군이 총대를 마주대고 서로 날카롭게 응시하는 광경은 상상만 해도 머리카락이 쭈빗하고 소름이 끼치는 느낌이다. 이런 대치상황에서 시 「관측소에서」가 씌어졌다. 소재는 독특하다. 전방 근무경험이 없이는 쓸 수 없는 시다.

반공교육이 극성을 부리던 60년대와 70년대에는 북쪽 사람을 빨갱이, 월남 사람을 베트콩으로 지칭하며 저들은 도깨뿔이 났든가 머리카락이 빨갛든가 얼굴은 괴상망칙한 몰골로 묘사했다. 보통 어린이들은 빨갱이나 베트콩도 사람인가고 반문할 정도였다. 이렇듯 반공교육의 독소는 무서웠던 것이다.

「관측소에서」의 작자 박윤규 시인은 1963년생으로 유치원 때부터 반공교육을 받은 세대이다. 이 반공세대가 전방 관측소 포대경으로 잡아본 것은 무엇이었던가? 우리와 똑같은 박박머리 졸병들이 지하 벙커를 토끼뜀으로 드나들며 얼차려를 받고 있는 모습이었다. 그것은 지금껏 우리가 인식해 온 별다른 존재로서의 북쪽 병사들이 아니라 우리 남쪽 군인들과 하등 다를 것 없는 똑같은 사람의 모습이었다. 적개심과 증오심으로 무장하고 동포를 향해 총부리를 겨누고 있는 상황이 그 순간 얼마나 한심하고 부조리한 일인지 이 시는 보여준다. 북쪽도 우리의 형제라는 기본적 동포애가 바탕에 깔려 있는 좋은 작품이다.

▶ **장안사**

박남철

장하던 금전 벽우
찬 재 되고 남은 터에
이루고 또 이루어
오늘을 보이도다……
흥망이 산중에도 있다 하니

더욱 비감하여라……

1993년 가을 ;
춘천시청 맞은편 피카디리극장 옆을
지나다 문득 들은 이 장엄한 노래 ;

(그때는 아직 당신을 만나기 전이었지요……
당신과 나는 12월 7일날 만났었지요……)

석양의 경춘가도를 달리며 ;
차를 태워준 동료 강사 선생님에게
"박 선생님, 저 노을 좀 보십시요! 정말 멋지지요?"
나는 말없이 테잎을 건넸지요……

노을을 바라보다, 노래를 듣다 말고 갑자기
신경안정제를 급히 꺼내 복용하는 나를 보고
동료 강사 선생님이 불안하게 물어오셨지요……
"아니? 박 선생님, 어디가 편찮으신 겁니까?"

(1994)

　어째서, 왜 이 시가 통일시인가를 말하려는 내 마음은 기
쁘다. 아니 약간 흥분한다. 그야말로 신경안정제를 찾을 정도
라면 지나칠까.
　시에서 생략, 압축, 은유, 상징은 기본이다. 이 시에는 엄청
난 부분들이 생략되어 있다. 그 생략된 부분을 작자는 독자
의 상상에 맡긴다. 가령 "찬 재 되고 남은 터에 / 이루고 또
이루어 / 오늘을 보이도다"는 뭘 말하는가, 무슨 뜻인가? '노

을’은 뭘 상징하는가? 3연의 괄호 안 ‘당신’은 누구인가? 12월 7일은 의미가 있는가?

장안사는 신라 법흥왕 때 건립한 고찰로 6·25전쟁 때 타버려 석탑과 돌기둥만 남아 있다. 북한 당국은 1973년에 발굴 조사를 완료하고 재건 계획을 세우고 있다 한다. 남쪽 불교계도 관심을 기울이고 있다는 거다.

재가 된 것은 장안사뿐일까. 6·25전쟁 때 평양에는 총구멍 난 집 두 채 만이 남았다고 할 정도로 철저하게 파괴당한 참상은 잘 알려져 있다. 그런 폐허가 오늘날에는 세계에서도 이름난 깨끗하고 아름다운 도시로 재건되었다.

강사 선생님이 들려준 말의 내용에 대해서는 구체적 언급이 없지만 그의 말에서 이 시의 힌트를 얻었지 않았나 생각된다. 금강산 관광은 1998년 가을부터 시작되었고 이 시는 1993년 경에 씌어졌으니 박 시인이 금강산 구경을 갔을 리는 만무하기 때문이다. 어쨌든 노을 대화로 넘어가는데, 노을은 과연 무엇을 의미할까. 지은이가 신경안정제를 꺼내 복용할 정도니 엄청나지 않은가. 금수강산 우리나라 산수의 황홀한 빼어남, 잃어버린 50년에 대한 회한과 분노, 그리고 언젠가 꼭 이뤄질 조국통일에 대한 찬란한 꿈 등이 아닐까.

▶ **임수경 누이에게**

김영욱

휴전선을 당당하게 넘어온
임수경 누이야
우리가 못하는 일을 당당히 해냈구나

통일되는 그날
평양 모란봉 부벽루에 앉아
유유히 흘러갈 대동강을 바라보며
평양 막걸리 마시는 일도
임수경 누이 같은 통일전사 덕분이라고

술취한 아둔한 머리로 아무리 생각해 보아도
평양 막걸리 마실 그날은
이 나라 정권으로는 싹수가 보이지 않는다

임수경 누이야

(1995)

임수경이 전대협 대표로 북쪽 8·15해방기념 행사에 참가
코자 평양에 들어간 것은 1989년 7월이다. 갈 때는 독일을
거쳐갔지만 돌아올 때는 저쪽의 만류에도 불구하고 고집을
부려 판문점을 거쳐 넘어온 것은 세상이 다 안다. 민간인으
로 삼팔선을 돌파한 것은 임수경이 처음이다. 그만큼 그의
삼팔선 돌파는 민족적, 역사적 의의가 크다. 글자 그대로 그
는 '통일의 꽃'이었다. 따라서 김영욱 시인은 "우리가 못하
는 일을 당당히 해냈구나" 하고 감탄하며 우리가 장차 "평양
모란봉 부벽루에 앉아" 유유히 흐르는 대동강을 바라보며
"평양 막걸리 마시는 일도 / 임수경 누이 같은 통일전사 덕
분"이라고 미리부터 군침을 삼킨다. 그러면서도 시인은 통일
의 전망에 대해 자주성이 없는 "이 나라 정권으로는 싹수가
보이지 않는다"고 경고한다.
　통일은 외세의 멍에에서 벗어나 국민 전체가 '통일의 꽃'

이 될 때만이 가능하다.

▶ 북에서 온 편지

정의홍

참한 나비 한 마리 날아왔다
꿈에나 그쪽 하늘 바라보려 했는데
봄날 몇 잎이 차마 못 지는데
그리움으로 그리움으로 날아왔다
내 마음 그대에게 닿을 수 없더라도
그 옛날 우리가 하늘을 쳐다보며
무언가 서럽게 기다렸듯이
그렇게 죽어서도 기다린다고 했다

바람편에 나를 실어 보낸다
아는 듯 모르는 사랑을 실어 보낸다
닿고자 하여도 닿지 못하는
아픔 같은 소원을 실어 보낸다
그 옛날 우리가 무언가 그리워
아지랑이 졸고 있는 마을길을 돌아서
어딘가 한없이 걸어갔듯이
그렇게 그리움을 실어 보낸다.

(1995)

　정의홍 시인의 시 「북에서 온 편지」는 남북 분단 51년이
빚어낸 한맺힌 절창이다.

　어느 날 북쪽에서 날아온 참한 나비 한 마리를 보고 북쪽의 님을 그려보며 그리워하다가 바람편에 남쪽의 나를 실어 보낸다는 절실한 내용으로 짜여져 있다. 작자의 아름답고 간절한 심정이 비단결 같다. 그만큼 독자는 이 시에서 작자의 통일열망이 절실함을 엿볼 수 있다. 시란 절실한 심정이 토로될 때만이 성공한다는 교훈을 「북에서 온 편지」에서 다시 한 번 배우게 된다.

▶ **임진강**

정의홍

북에서 피와 눈물을 실어나르다가
남으로 흘러가도 되는지 잠시 망설이다가
수줍음 타는 첫날밤 신부처럼
마음은 가도 쉽게 안길 수 없는 신세를
밤새도록 흐르며 한탄하다가
남몰래 남몰래 문산까지 숨어오다가
외국산 개들이 아무렇게나 내갈긴
그 더러운 배설물도 받아먹다가
끝내는 외세에게 강간당한
부끄러운 알몸을 씻어내려 하다가
아, 허리마저 잘려나간 강이여
언젠가는 강가 파아란 잔디 위에
눈부시게 쓰러질 봄빛처럼
서로의 뜨거움을 나누며 끌어안다가
눈부시게 흘러갈 우리의 강이여　　　　　　　　　(1995)

놀랍다.

단 열다섯 줄의 시에 외세에 의한 우리의 분단 현대사를 이렇게도 잘 그려낼 수 있다는 시의 위력에 나는 새삼 경탄한다. 첫줄의 "북에서 피와 눈물을 실어나르다가"라는 한마디로 6·25전쟁의 참상이 완벽하게 묘파되었다.

이 시에서 첫날밤 신부를 등장시킨 발상은 그야말로 시재(詩才)의 번뜩임이다. "외세에게 강간당한 부끄러운 알몸"에 이르러서는 그 통쾌한 발상과 묘사의 비범성에 필자는 전율했다. 잔소리, 군소리는 다 집어치우고 시 본문을 다시 한 번 읽어본다.

▶ **북녘 개풍 바람**
　―아 통일!

천승세

오시는 뜻 저어하면
산 목숨도 죄(罪)됩니다

그런 생각 다 챙겨
이 바람을 보냅니다

오늘 보낸 내 자식 잘 받아 안습니다
어제 떠보낸 내 자식 어찌 간수합니까

당신 생각
오시는 뜻에 답을 새기옵소서

내 마음
앞자락엔 이름을 새기오리다

척척할 겁니다
그냥 헹구지 마십시오
붉은 피톨 몇 방울도 챙겨 보냈습니다

(1995)

　필자는 지금 통일시 책을 엮으며 수록되는 시 하나 하나가
통일에 얼마만큼 기여되는가, 힘이 되는가를 살펴보는 것이
주된 임무다. 따라서 각 시에 대해 문학적 평가를 내리는 것
은 가급적 삼가왔다. 헌데, 천승세 작가의「북녘 개풍 바람」
을 읽고는 꼭 몇 마디 덧붙여야겠다는 충동을 느낀다.
　천승세 선생은 지금 경기도 김포군 월곶면 갈산리에 살면
서 본업인 소설 외에 시도 쓰고 있다. 예전엔 희곡도 쓴 바
있다. 앞산 애기봉에 오르면 이북땅 개풍이 한눈에 든다. 이
런 주위 환경 관계로 시「북녘 개풍 바람」이 빚어진 것은 두
말할 것도 없다. 시는 바람을 통해 금단의 지역 북쪽과 인적
교류를 하는 내용을 담고 있다. 바람을 통했기 때문에 국가
보안법이 뛰어들 여지는 일단 차단되었다. 어떻게 교류하는
가. 작자는 우선 "오시는 뜻 저어하면 / 산 목숨도 죄가 됩
니다"라는 대전제를 내놓는다. 이것은 남북 인적 교류의 절
대 필요성을 역설하는 시적 절규다. 2연을 보면 북쪽 바람이
불어만 오는 것이 아니라 이쪽에서도 남쪽 바람을 보낸다는
것이다. 3연을 보면 "오늘 보낸 내 자식 잘 받아 안습니다 /
어제 떠보낸 내 자식 어찌 간수합니까"다 . 즉 이미 보낸 자
식은 돌아왔고 또 다른 자식을 보냈다는 것이다. 남북 인적

교류가 아주 활발하다. 마지막 연은 남쪽의 민주화와 통일
투쟁의 참상을 시적으로 승화시켜 전달하고 있다. 다시 읽어
보자.

"척척할 겁니다 / 그냥 헹구지 마십시오 / 붉은 피톨 몇
방울도 챙겨 보냈습니다."

「북녘 개풍 바람」은 이상과 같은 통일지향적인 장점을 가
지고 있을 뿐만 아니라 시적 기교면에서도 뛰어나다. 그 중
에서도 특히 시어의 정선과 절제가 두드러지고 시 짜임새도
빈틈이 없다. 다른 시어를 찾아낼 수도 없고 덧붙일 수도 없
다. 구성의 안성맞춤과 탄탄함도 돋보인다. 한마디로 「북녘
개풍 바람」은 격조 높은 통일시다.

▶ 북산 사내 남강 처녀

박남준

　저 북쪽 북산으로 떠납니다. 그곳의 겨울산에 하얀 눈 펄펄
쌓여 백두로 솟아 서 있는지. 아 그 북쪽, 북산 숲 곳곳 흰 눈꽃
장엄으로 피고 사냥하는 북산 사내의 두 눈 부리부리하고 어깨
떡벌어졌다는데.

　저 남쪽 남강으로 떠납니다. 그곳의 봄강물에 바람으로 진 꽃
잎들 붉게 흐르는지. 아 그 남쪽, 남강가 어디 복사꽃 흐드러지게
피고 빨래하는 남강 처녀의 두 볼 복사빛 발그레 풋익고 맘씨
참 곱다는데.

　얼크러져라. 첫눈에 눈맞아서 화르륵 불붙거라. 그 사랑이라면

돌인들, 쇠붙인들 녹이지 못할 것 없다. 온갖 산천 낯뜨겁도록
뜨겁게 엉겨붙어라. 몇 바탕이고 붙어먹고 천년 만년 살아라.

(1995)

박남준 시인은 1957년생이니 역시 전후 반공교육 세대이다.
그 반공세대가 북쪽 총각과 남쪽 처녀와의 사랑을 주장하고
나섰으니 작자보다 두 배 이상 나이를 먹은 아득한 구세대
필자로서는 기특하고 대견해 못 견디겠다.

시 첫연은 "저 북쪽 북산으로 떠납니다"로 시작되는데 흰
눈이 쌓인 백두산이 보이는 듯하고 고구려적 사냥하는 용맹
한 장정들이 눈앞에 서물거린다.

2연의 "봄강물에 바람으로 진 꽃잎"이라는 표현은 가깝게
는 광주5월항쟁, 부마항쟁, 6월항쟁, 멀리로는 광주학생사건,
더 멀리는 김시민 장군의 진주성싸움 등을 떠올리게 한다.
"남강가 어디 복사꽃 흐드러지게 피고 빨래하는 남강 처녀
의 두 볼 복사빛 발그레 풋익고 맘씨 참 곱다는데"라는 정경
묘사는 아주 효과적이다.

마지막에, 남북 처녀 총각의 뜨거운 사랑을 강력히 호소하
고 전망한다. "그 사랑이라면 돌인들, 쇠붙이인들 녹이지 못
할 것 없다"고 선언한다. 이는 남과 북이 서로 사랑하고 합
심만 한다면 대망의 통일은 천백 번 가능하다는 뜻이다. 그
러나 이미 남과 북은 반세기 동안 갈라져 아웅다웅했다. 진
작 통일을 이뤄내지 못한 기성세대는 이 젊은 시인의 말에
부끄러움을 깨닫고 이제부터라도 허리띠를 졸라매고 통일을
향한 발걸음을 재촉해야 한다.

▶ **통일꽃**

문동만

가리지 않고 피는 꽃

슬퍼 피는 꽃

그리워 피는 꽃

쉰 살이 다 되도록 한 번도 지지 않은 꽃

누구도 꺾을 없는 꽃

한 송이로는 향기 없는 꽃

백 송이로는 초라한 꽃

칠천만 송이 눈부시게 피지 않고는 꽃일 수 없는 꽃

(1995)

「통일꽃」은 문동만 시인의 첫 시집 『나는 작은 행복도 두렵다』 속에 들어 있다. 이 시집에는 문익환 목사를 애도하는 시도 있고 노동해방의 불꽃 전태일을 잔대꽃에 견준 시도 있어, 만만찮은 재능과 의욕을 보여주고 있다.

문동만 시인은 1969년생으로 용접공 노동자다. 필자는 「통일꽃」을 읽고 하도 깜찍해서 미소를 짓고 다시 읽어봤다. 발상과 수법이 비상했다. 단 여덟 줄에 통일에 대한 염원을 이처럼 훌륭히 담아냈다는 것은 놀랍다. 시행이 바뀌어갈수록 독자의 호기심과 정감을 높여가는 이른바 점증법을 차용했는데, 어른을 뺨칠 정도다.

첫줄에는 "가리지 않고 피는 꽃" 했다가 다음 줄에서는 "슬퍼 피는 꽃" 그리고 다음 줄에서는 "그리워 피는 꽃" 하고 독자의 호기심을 이끌어 나간다. 가리지 않고 핀다는 뜻은 보통꽃은 봄이나 여름에만 피지만 사람의 마음속에 피는 통일꽃은 계절을 가리지 않는다는 뜻이다. 51년간 분단의 슬픔 속에서 살았지만 통일에 대한 불 같은 염원은 단 일초도 버리지 않았다는 사실을 노동자 문동만은 "쉰 살이 다 되도록 한 번도 지지 않은 꽃"이라고 노래했다. 칠천만 남북 겨레의 통일에 대한 굳건한 의지를 "누구도 꺾을 수 없는 꽃"으로 묘사했다.

우리 흰옷겨레가 반세기가 지나도록 남과 북이 통일되지 못하고 갈라져 있는 것은 반민족 반통일세력이 통일을 방해하고 탄압해 왔기 때문이다. 그들은 외세를 등에 업고 국가보안법 같은 악법을 밑천삼아 무소불위의 힘으로 통일운동에 재갈을 물렸던 것이다. 따라서 통일위업을 달성하기 위해서는 이러한 악법을 철폐하고 외세를 몰아내는 데 남북 칠천만이 합심단결해야만 한다. 이 역사적 민족적 위업 달성을 문동만 시인은 다음과 같이 노래했다.

"칠천만 송이 눈부시게 피지 않고는 꽃일 수 없는 꽃."

▶ **여빨치**

신동호

당신의 아이 낳고 싶었어요 칡덩굴같이 질긴 당신의 지조를 닮은, 산자락 눈보라 속 나의 맹세를 지켜줄 아이. 끝내 소망 지울 수 없었어요. 싱싱했던 처녀의 몸이 여사의 낡은 벽과 함께 늙어가도 끝내 버릴 수 없는 마지막 투쟁이었어요. 마지막 희망이었어요. 벌써 두어 달 있어야 할 것이 없어 기다리던 하루하루 눈물도 말라버렸어요, 폐경이었어요. 세월에, 아니에요 조국에 나의 생식기능을 바쳤어요. 이젠 아이를 낳을 수 없군요. 당

신 내 절망 상상이 가세요 낙엽더미 아래 체포될 때에도 느끼지
못했던. 그때부턴가 봐요 속옷을 빨다가 문득 하얀 속옷에 눈길
머무는 시간 많아졌지요. 밤하늘 별은 왜 그렇게도 총총한지 동
지들 생각은 왜 그리 간절한지 한동안 마음의 병 다스릴 수 없
었지요.

　　이해해요 당신, 그러나 많이 살고 있지요
　　당신과 나의 아이.

(1995)

　이 시의 작자 신동호 시인은 1965년생이니 이 작품은 그의
나이 고작 서른한 살에 쓴 작품이다. 전후도 한참 후인 1965
년에 태어난 순수 알짜 반공세대가 이런 의식순준에 도달했
다는 것은 놀랍고 장하다. "자루 속에 든 송곳 끝은 언젠가
는 삐어져 나오기 마련이다"는 성서 말씀이 생각난다. 반공
교육이 제아무리 폭압과 교묘를 번갈아 구사하며 어린 학생
들을 오도하려고 애썼지만 진리를 향한 예지 앞에는 결국
패배하고 만다는 교훈을 깨우쳐준다.
　「여빨치」는 1948년경부터 1960년 초반까지 지리산 오대산
백아산 회문산 등지에서 활동했던 여성 빨치산 전사를 소재
로 하고 있다. 당시 빨치산들은 이승만의 남한 단독정부 수
립을 반대하고 남북 통일독립정부 수립을 기본 목표로 내세
웠던 가장 애국적이요 민주적인 통일세력이었다.
　작중 화자인 여빨치는 어려운 유격투쟁 속에서도 '당신'이
라고 부르는 한 남성 동지와 먼 앞날을 약속했었다. 그러나
어느 날 낙엽더미 아래에서 잡히게 되었다. 옥살이 과정에서
월경이 멎은 사실을 알게 되어 아이를 낳을 수 없게 되자

"세월에, 아니에요 조국에 나의 생식기능을 바쳤어요"라고 불굴의 여전사일지라도 탄식한다. 그렇지만 "이해해요 당신, 그러나 많이 살고 있지요 / 당신과 나의 아이" 하고 자라나는 새 세대들에게 자신들의 분신을 기대하며 자신에 찬 희망을 건다.

이 시에는 인간의 본능까지도 억제 박탈당하는 악조건에서도 조국의 장래를 향한 높고 건강한 사상성이 잘 형상화되어 있다.

강태열 시인의 시집에서 통일시를 찾다찾다 못해 전화를 걸어 「나의 통일론 4」를 받았다.

▶ **나의 통일론 4**
　 ─오! 문익환 선생

강태열

겨레의 들강 풀릴 날은 언제인가
조국의 백두대간 종단날은 언제인가
칠천만 소원 바위로만 굴러야 하는가
끝내 산상에 못 오를 시지프스 신화인가

민중 속에 한복 입은 따뜻한 사람
흰 웃음 속에 시심 활짝 핀 사람
하얀 통일 발원에 하얗게 센 할아버지
철조망 밟고 서서 통일길 다졌네!

어찌 지어미 안 따랐으랴
아들 딸인들 안 따랐으랴
백두산의 미소 없었으랴
강산도 삼천리가 춤을 안 추었으랴

이젠 백두산 천지에서
통일조국 지켜보는 사람
오, 문익환
통일은 결코 시지프스 신화가 아니네!

(1995)

  문익환 목사에 관한 시는 많은데, 이 시 역시 특색 있는 시
다. 통일이 가능하다는 것을 확실하게 보여준다. 이미 고인이
된 문 목사의 회상에 가슴이 무겁다.

▶ **한반도 시간**

용환신

보이는가
지금 한반도는 몇 시인가
아무것도 보이지 않는 한반도는 어둠인가

광화문 사거리에 서 있는
저 시계탑의 시간이
한반도 시간인가

역 광장마다 전자회사 이름 아래
신음하듯 넘어가는 전자판 숫자가
한반도 시간인가

억지 분단, 억지 정권, 억지 세상에
억억 대며 살아가는
저 숨찬 소리가
한반도 시간인가

왜놈 시간에서
양놈 시간으로
시간차 없는 공격으로
쪼개진 한반도 시계
쩔룩대는 저 소리가
한반도 시간인가

아니다! 아니다!
저것들은 다 무릎 꿇고 누우라는 유혹의 소리
잠들어라, 잠들어라 재촉하는 죽음의 소리
한반도 시간이 아니다!
한반도 시간은
백두산 한라산을 한번에 휘감고
바윗덩어리까지 녹이는
용암 끓는 소리
쉬지 않고 출렁이며 다가오는
저 동해의 바다 소리
불끈불끈 한번에 일어서는 새벽의 시간이다　　　　　　(1995)

분단 비극 상황에 있는 우리 사회의 낙후와 예속과 몽매를 짧은 시 속에 이토록 통쾌하게 담아낸 시를 일찌기 보지 못했다. 8·15해방 직후 '건준' 시기와 비교해 볼 때 오늘의 대한민국 사회는 꼭 50년을 후퇴했다. 역사의 수레바퀴는 끊임없이 전진하는 법인데 우리 사회는 거꾸로 후퇴만 했다. 80년대 민중문학이 한창 기세를 높일 때 나는 카프 붕괴 후 50년 만에 카프를 계승했다고 기뻐했다. 그러나 그 민중문학도 90년대 초를 고비로 동구사회주의권 붕괴로 사그라졌다. 답답하고 슬픈 일이었지만 현실은 현실이었다. 잘못된 역사, 현실을 바로잡는 시적 창조란 어떤 것일까. 시인 용환신은 이에 초점을 맞추고 있다.

시인은 목청을 돋우어 노래한다.

"지금 한반도는 몇 시인가 / 아무것도 보이지 않는 한반도는 어둠인가."

우리 사회는 엄청나게 뒤떨어졌고 역사도 모르고 자주도 모르고 진보도 모르고 희망이 없는 사회임을 개탄한다. 악법의 잔인 방자함을 보라. 꼬리 무는 부정부패를 보라. 형제의 목을 조이며 남과 어울려 굽신굽신 희희낙락하는 저 꼬락서니를 보라! 강도 절도 사기 폭행 살인 성비행이 난무하는 사회상을 보라. 돈을 위해서라면 아버지도 죽이고 아들의 손가락도 싹둑 자른다. 문화계는 몹쓸 외래문화에 오염되어 만신창이다. 쏟아지는 악의 꽃을 어찌 다 열거하랴.

이렇게 삶이 나락에 떨어진 원인을 시인은 "왜놈 시간에서 / 양놈 시간으로 / 시간차 없는 공격으로 / 쪼개진 한반도 시계"라고 진단하면서 "아니다! 아니다! / 저것들은 다 무릎 꿇고 누우라는 유혹의 소리 / 잠들어라, 잠들어라 재촉하는 죽음의 소리"라고 규정하고 "한반도 시간은 / 백두산 한라산을 한번에 휘감고 / 바윗덩어리까지 녹이는 / 용암 끓는 소리 / 쉬지 않고 출렁이며 다가오는 / 저 동해의 바다 소리 / 불끈불끈 한번에 일어서는 새벽의 시간이다"는 처방을 내린다. 즉, 외세의존에서 벗어나 자주정신으로 통일국가를 건설해 평화와 번영을 누리자고 시인은 절규한다.

1990년대 후반

2000년 7월 29일 토요일 오전 2시, 잠을 깨 화장실에 다녀와서 누웠으나 통 잠이 오질 않았다. 할 수 없이 일어나 이 글을 쓰기 시작한다.

남북 두 지도자가 역사적인 참으로 역사적인 6·15공동선언을 발표한 지 한 달 반이 지났다. 남과 북의 감격과 흥분과 기대는 말할 것도 없고 전 세계가 발칵 뒤집혔다. 환영과 지지성명이 빗발쳤다. 전 세계의 시선은 지금 김대중 대통령과 김정일 국방위원장에 집중돼 있고 서울과 평양에 쏠려 있다. 8·15이산가족 상봉이다, 북이 필리핀 캐나다 오스트레일리아와 수교한다, 조선민주주의인민공화국이 아세안 안보포럼에 가입한다, 남북 외무장관이 만난다, 북미 외무장관이 만난다, 남북 장관급회담이 열린다, 야단법석이다. 50여 년을 피나는 인내로 참고 기다려 온 끝에 벌어지는 일이라 그 변화의 속도에 정신이 없다.

이 엄청난 변화의 시대를 맞이해서 금후 정치계 문화계의 변화를 예감하면서 지난 90년대 후반을 되돌아보기로 하자.

90년대 후반 문화계와 문학계, 시단을 어떻게 규정할 수 있을까? 그건 '원 이럴 수가 있나!'라는 한탄이 절로 나올 만큼 문화계 전반이 한마디로 '엉망진창'이었다고 할 수 있다. 혼돈, 절망, 방황, 무기력, 저속에 빠져 지성의 완전폐허가 되고 말았던 것이다.

일제 치하 30년대 카프 맹원이 모두 잡혀가고 카프가 강제 해산당한 암울한 절망의 시기에 임화는 시 「통곡」(1939)을 썼다.

▶ **慟哭**

임 화

이미 타버려
꺼진
가슴속에
빛나는 것은
진주 알이냐
별 알이냐
대체 소리가
우러나오는 곳을
나는 알 수가 없다

형제여
花園에서
떠나온 것은
어느 때쯤이냐

흩어진 장미를
줏을려는 너의 손길이
찾는 것은
지내간 꿈이냐
아……
하눌 가득히
흩어진 것은
절망의
독한 花粉이다
땅을 치면
우러나오는 소린
한낫 비탄의
높은 음향이다

혼령도 죽고
奇蹟도 죽고

승리한
적의 눈앞에서
너의 가슴이
彈奏하는
葬送의 曲을 따러
걸어가는 앞길에는
무덤 이상의 운명이 있다

형제여
나는 이런 때

그대들의 가슴이
한숨에 붓지 않음을
감사한다

미인일지라도 비록
절세의 미인일지라도
한숨을 쉰다는 것을
난 싫여한다
차라리
마음의 水門을
탁 열어놓고
橫溢하는 奔流 속에
운명을 바라보고 싶다

머리채를 풀어제치고
자기의 운명을
애인처럼 끌어안는
여인의 마음은 얼마나
간절하고 아름다우냐

전율하는 운명의 등 뒤
도깨비처럼 우뚝 선 건
아…… 잊기 어려운 적
슬픈 소리가 부른 것은
바로 원수와의 해후가 아니었느냐

분노란 청년의 명예가 아니냐

보복이란 생명의 표적이 아니냐

무엇 때문에
통곡하는 마음이 있느냐
한숨에 어린 가슴 우에
흙더미가 내려앉을 때
통곡하는 마음은
그 우에 피는
한 떨기 아네모네리라

어떤 놈이
통곡을
매장의 노래라
비웃느냐
나는 슬플 때마다
개고리처럼 아우성치며
울어대는 半島人의 자손이다
나는 우러나오는
제 소리를
감추지 못하는
큰소리로
우는 詩人이다.

(1939)

　나는 명시 「통곡」을 다시 읽어보면서 우리의 민족민중문학
이 완전히 무너진 90년대 중반쯤에서 누군가가 '통곡' 해 주
었으면 좋겠다고 생각했지만 아무도 통곡하는 사람은 없었

다. 서운했다. 안타까웠다.

아뭏든 90년대 후반 우리 시인들은, 언론은, 가장 중요한 핵심인 분단, 통일에 대해선 일체 아랑곳하지 않았다. 등을 돌렸다. 천박한 서푼사랑, 값싼 눈물, 저급한 섹스, 사사로운 정서나 심리놀이에 열중했다. 젊음과 정력을 바치더라. 필자는 이러한 현상을 「돈때 묻은 오늘을 침뱉는다」라는 시에서 "헛것을 붙잡고 삶을 탕진하는 군상들"이라고 타기했다. 일부 소설에서 어느 정도의 수확이 있었던 것마저 부인하지는 않는다. 어느 문학상 작품집을 읽은 한 문학청년의 독백은 의미심장하다. "……작가가 말하고자 하는 바를 알 수가 없었다."

90년대 후반 시에 대해서 말한다면, 우리 시대의 핵심과제인 통일의 입장에서 볼 때 통일시는 신기할 정도로 없었다. 이런 통일시 황무지 시기에 최근에 발간된 최형 시인의 민주화투쟁을 다룬 서사시 『다시 푸른 겨울』은 놀라운 수확이 아닐 수 없다.

통일시 황무지 현상은 중앙 유수 문예지, 잡지, 신문, 출간 시집들에서 보는 바 그렇다. 지방 문예지나 동인지는 그렇지 않으리라고 짐작된다.

분단시대의 제일 중요한 민족적 과제는 단연 통일인데 왜 통일에 대한 시를 쓰지 않을까. 반공교육에 찌들은 탓인가 아니면 출판사나 선자의 탓인가. 상업주의가 심화되고 분파주의에 빠진 우리의 출판 환경과 문단 상황이 그에 무관치 않을 것이다.

그러나 보다 큰 원인은 90년대 초 소련과 동구 사회주의 정권의 몰락으로 80년대 민족민중문학이 된서리를 맞은데다 역대 정권의 친외세, 반북, 반공정책으로 만들어진 여러 가지

제도적인 탄압에 기인할 것이다. 특히 탄압의 요소로 미군 주둔과 국가보안법이 그 한가운데에 자리하고 있다.

그 다음으로 우리 언론의 반역사성, 복고성, 부패타락을 들 수 있다. 진보와는 거리가 먼 오늘의 우리 언론은 통일의 입장에서 볼 때 역사상 가장 썩은 언론이라고 생각한다. 먼 과거에는 친일을 하고 독재정권하에서는 친독재를 하고서도 한마디 반성도 없었다. 오늘날에는 친외세에 앞장서고 있다. 이북에 대해서는 허위 날조 훼방 중상 모략 악선전으로 일관했다. 정확한 정보, 형제애가 넘치는 기사나 논설은 하나도 없었다. 적어도 2000년 6월 14일까지는 그랬다. 남북 정상회담 이후를 지켜보겠지만 이러한 언론이 어찌 참 문학을 사랑하고 통일시를 아낄 수 있겠는지 회의가 든다.

나는 시대의식을 담고 있지 않는 시는 시가 아니라고 생각한다. 시란 민족·역사·인간·생활·자연의 근본문제를 떠나서는 존재할 수 없다. 따라서 그 시대 그 민족의 중심과제에 사색의 초점을 맞춰야 한다. 민족의 운명과 관계없는 시를 기상천외한 시각과 아름다운 언어로 아무리 써봤자 그게 무슨 대수며 시가 되겠는가. 그건 언어의 유희며 사색의 낭비다. 위에서 말한 헛것을 붙잡고 삶을 탕진하는 꼴이다.

이렇듯 90년대 후반 이후는 통일시가 없었다는 특징 외에 유치하고 허무맹랑한 논쟁거리도 있었다. 정계 일각에서 "민족문제는 20세기로 끝나고 21세기에는 세계화문제가 중심이 될 것이다"는 것과 문학계 일각에서 "장차는 한글로 작품을 쓸 게 아니라 영어로 써야 한다"는 전혀 말도 안 되는 주장이 그것이다.

이 두 가지 논지에 대해서 왈가왈부하는 것조차가 부끄러운 일이기 때문에 숫제 말문을 닫는다.

　90년대 후반에서 2000년 7월에 이르기까지를 통일시 공백기라고 혼자 규정짓는 것이 두려운 생각이 들어서 남정현 선생, 현기영 선생, 김정환 시인, 홍일선 시인에게 자문을 구했더니 한결같이 통일시를 본 기억이 선뜻 나지 않는다는 대답이었다. 그제서야 나는 안심하고 더 통일시 찾기를 단념했다. 몇 분한테 원고청탁을 했다. 이선관, 김지향 시인으로부터는 "통일시를 쓴 일이 없는데……"라는 겸손한 말과 함께 원고를 보내왔다. 지방 네 분으로부터도 원고가 왔다.

▶ **조국을 찾으러 가는 길**

이학영

두려워해서는 안 된다
아우야
두려워해야 할 것은
오직, 무서움 때문에
그만두어 버리고 싶다는
네 생각 바로 그것뿐이다

내가 나의 주인이고
우리가 우리의 주인일 수 있는,
그 무엇도
우리의 아이들이 살아갈
이 땅 위에
한 점 고통의 눈물도
흘리게 하지 않을

그런 조국을 찾기 위해

절망과 증오의 눈물만이
마을과 마을
등성이란 등성이
시내란 모든 시내에
억새처럼 가득하여
이제, 사람은커녕
꽃과 새
물고기마저 살 수 없는
이 땅에
참 눈물의 의미
참 노동의 대가가
뜨겁게 주어지는
그런 조국을 찾기 위해
신발끈을 매고
길 떠나는 아우야
보라
형제들의 죽음으로 이어진
진창길 그 너머
푸른 대밭이 어우러지고
참새떼들 지저귀는 소리와 함께
모든 것들이
제 모습을 되찾아 살아오는
싱그러운 아침이 오고 있지 않으냐
우릴 보고 손짓하는
조국이 있지 않으냐.

(1998)

▶ **봄 편지**

정안면

시인이여
내 나라 북녘의 시인이여
산철쭉 영산홍 흐드러져
푸른 봄 빛 속에서
그대를 나직히 불러봅니다
그러나 나는 왠지
당신의 얼굴과 이름을 모릅니다
그것은 커다란 슬픔입니다
그렇지만 북녘의 젊은 시인이여
오늘 내 가슴 깊은 곳
영변의 약산 진달래꽃으로 설레이는
그대의 목소리를 듣습니다

젊은 시인이여
당장 오늘이 아닐지라도
우리에게는 내일이 있고
살아온 날들보다 살아가야 할 날들이
더 많기에 우리는 기다릴 수 있습니다
또한 그대와 내가 살아서
꼭 이루어야 할 역사가 있습니다
사랑이 있습니다

북녘의 젊은 시인이여
남녘의 꽃소식 따라

우리들의 그리움을 전하고 싶습니다
오늘 내가 그대를 사랑하는 일처럼
그대 뜨거운 가슴의 그리움으로 이루어야 할
우리들의 소중한 일 하나 있습니다
통일의 일 있습니다
휴전선의 장벽을 무너뜨리고
우리 다시 만나는
조국의 일 하나 있습니다.

(1998)

이학영, 장안면 두 시인은 전남 순천과 광양 출신으로 이 시인은 순천 YMCA, 정 시인은 광양제철에 근무하면서 겨레와 역사에 대답하는 시활동을 하는 전도가 촉망되는 시인들이다.

이학영의 「조국을 찾으러 가는 길」 같은 시는 실은 쓰기 어려운 시인데도 아우에게 옳은 길, 꿋꿋한 길을 걸어가라고 타이르는 형식을 취한 성공작이다. 민족의 자주성을 설득력 있게 강조했다. "한 점 고통의 눈물도 / 흘리게 하지 않을 / 그런 조국을 찾기 위해" 떠나라고 당부했다.

정안면의 「봄 편지」는 북쪽 시인에게 보내는 편지글 형식을 취했다. "휴전선의 장벽을 무너뜨리고 / 우리 다시 만나는 / 조국의 일 하나 있습니다"라는 힘찬 결구로 조국통일의 굳은 의지를 잘 나타내고 있다.

▶ **압록 은어**

배창환

큰물 진 날
압록 물가에 은어 먹으러 간다

사흘 밤낮을 퍼마셔
목구멍까지 차오른 술 올려내듯
천지개벽 폭우 끝에 콸콸 쏟아내는
저 산 그늘
애기버들 뿌리째 떠내려간 자리
은빛 은어 황토흙에 눈 못 뜨고 올라오는
섬진강변

마음은 대구서 통일호 타고 압록강으로
올라가고
몸은 지리산 발바닥 남원 구례 곡성
―경축! 압록역 무궁화호 정차
플래카드 나붙은 압록 은어 먹으러 간다

하늘 땅 조선 천지가 온통 물뿐인 날

(1999)

　배창환 시인은 대구 출신으로 학교 교사직과 작가회의 경
북지부장직을 맡고 있으면서 시활동을 하는 다부진 유망주
다. 전남 곡성에는 섬진강 지류로 '압록'이라 불리는 작은
강이 있다. 시인은 북쪽 압록강과 곡성 압록을 연계지으면서
시 「압록 은어」를 썼다. "마음은 대구서 통일호 타고 압록강
으로 / 올라가고 / 몸은 지리산 발바닥 남원 구례 곡성"에
있음을 안타까워했다. 하루바삐 통일호가 압록강까지 달려갈

날을 목메어 기다리고 있는 것이다. "하늘 땅 조선 천지가 온통 물뿐인 날"이라는 맺음말의 여운은 후딱 통일이 되어 남북 칠천만 형제가 얼싸 끌어안는 환희와 감격의 그날을 애타게 기다리는 심정을 역동적으로 피력했다. 여기서 물은, 압록강과 한강은 서해에서 만나고 두만강과 낙동강은 동해 남해에서 만나 끝내는 모든 물은 다 만나게 되는 그런 물을 말한다. 즉, 남북 칠천만 겨레의 운명적 필연적 만남을 은유로 노래했다.

▶ 만약 통일이 온다면 이렇게 왔으면 좋겠다

이선관

여보야
이불 같이 덮자
춥다
만약 통일이 온다면 이렇게
따뜻한 솜이불처럼
왔으면 좋겠다

(1999)

1999년 11월 13일 한겨레에 발표된 작품이다.
과시 달인의 솜씨이다. 짧은 여섯 줄 속에는 통일정신, 평화정신, 협동정신, 동포애가 빠짐없이 골고루 다 들어 있다. 시는 이렇게 써야 한다. 이게 바로 통일시요 민중시다.

이상의 통일시로 90년대를 마감하자니 어딘지 허전하고 아

쉬웠다. 문득 고은 시인의 최근작 『남과 북』이 생각나서 종로의 공 안과에 들린 김에 영풍문고로 달려갔다. 시집 코너에 들어서자 시집이 홍수를 이루고 있었다. 나는 잠시 어리둥절했다. 저 속에서 어떻게 통일시를 찾아낸단 말인가. 과연 통일에 걸맞는 시가 몇 편이나 될까. 어쩐지 거의 없을 것 같은 생각이 들었다. 중앙 문예지의 통일시 불모현상이 그대로 반영되었으리라는 예감이 들어 『남과 북』만 사 들고 귀로에 올랐다.

지하철에서 뻐스에서 집에서 뒤적뒤적 열심히 읽었다. 후기를 보니 말미에 "1999년 깊은 겨울 미국 동북부에서"라고 씌어 있었다. 「칠보산」, 「개마고원」, 「서수라」, 「갈마반도」, 「백두산」, 「대동강」, 「평양」, 「주을온천」, 「보현사」, 「압록강」, 「선죽교」, 「단군릉」, 「다시 함흥만세교」, 「패수」, 「삼수」, 「갑산」, 「회령」, 「선죽교」, 「삼지연」 등 거의 다 읽고 또 읽다가 「한글」에서 내 시선은 머물렀다.

시는 "오늘밤 나는 경기도 안성에서 / 평안북도 향산군 최형민 씨에게 편지를 씁니다"로 시작되었다. "경기도는 남한이 아니고 / 평안북도는 북한이 아닙니다 / 그냥 그곳이고 이곳입니다 / 그가 북한 사람 아니고 / 내가 남한 사람이 아닙니다"라는 대담한 역설로 시인은 남북 분단을 인정하지 않는다. 지극히 당연하고 당당했다.

6·25전쟁 그때 최형민 씨는 인민군으로 나갔고 고은 시인은 보충병이었으니 둘은 적이었다. 그런 최형민 씨를 고 시인이 방북 때 묘향산에서 적의 없이 만났던 것이다.

묘향산 보현사의 긴 내력을 적은 다음 "오직 그곳 향산군에서도 한글을 쓰고 / 안성에서도 한글을 씁니다 / 그곳에서도 같은 땅의 말을 하고 / 이곳에서도 같은 말을 합니다"고

힘주어 시상을 가다듬어 민족 동질성을 강조했다. "아 한글
로 이곳과 그곳에서 편지를 쓸 날이 옵니다 / 그날의 반가움
을 빌어 마지않으며 / 안성에서 향산으로 갈 수 없는 편지를
씁니다 / 우선 이것이면 됩니다 사람보다 새가 먼저 가고 옵
니다"로 끝맺고 있다.
　즉, 같은 말 같은 글을 쓰는 남과 북이 하나되는 그날을 갈
망해 마지않는다.
　과연 2000년대 초에 대망의 남북통일이 이루어질 수 있을
까. 아니 이루어지도록 피나는 노력과 헌신성을 발휘해야 한
다.

▶ **한글**

고은

오늘밤 나는 경기도 안성에서
평안북도 향산군 최형민 씨에게 편지를 씁니다
경기도는 남한이 아니고
평안북도는 북한이 아닙니다
그냥 그곳이고 이곳입니다
그가 북한 사람 아니고
내가 남한 사람이 아닙니다
그냥 같은 땅의 사람입니다.

식민지시대의 굶주린 어린아이들이었고
만주사변
중일전쟁

미일전쟁 이후
6·25남북전쟁 이후
폐허의 청년이었습니다 한 또래 절반이 죽었습니다

그곳은 그곳대로 초토를 밭으로 만들었고
완전 폐허 평양은
남은 건물이라고는
보통문과 여느 은행건물 두 채뿐이었습니다
그곳에 부다페스트를 새로 세웠습니다
이곳의 벌거숭이 산야도
차츰 녹음이 뒤덮여 오소리가 새끼쳤습니다
폐허 서울 여기저기도
우쭐거리는 고층 건물이 다투어 섰습니다

저 6·25 그때
최형민 씨는 인민군이었고
나는 세 번의 징병검사 무종을 맞아 보충역이었습니다
그런 뒤 적이었던 그와 나는
아무런 적의 없이
그가 사는 향산군에서 만났습니다
오직 반가웠습니다
반가움이 자꾸 커나가
거기 묘향산 긴 긴 동천도 함께 바라보았습니다

지금 그곳 탐밀봉 탁기봉 숲은
단풍져 불덩어리이겠습니다
그런 곳에서 있을 당신에게

함께 태어난 쌍둥이 형제인 양
허물없이 허물없이 편지를 씁니다

사연인즉 보현사 뜨락에서
몇 마디 나눈 말의 연장입니다

본디 불상이 없이 시작한 것입니다
형상은 진리가 아닙니다
형상뿐 아니라
진리란 진리의 이름도 없습니다
그런데도 유정(有情)한지라
스승 떠난 뒤
스승의 얼굴 그리워한 나머지
스승이 앉았던 보리수 아래를 생각한 나머지
그 보리수 잎새 하나를 그려놓고
그것을 늘 바라보았습니다
유정한 사람이야
그 알몸뚱이 어디에도
무슨 장식을 해오는 터여서
허공 무인지경의 막막함보다
벽에 잎새 하나 그려놓고 바라보았습니다
그러다가 그 진리의 행로
서북쪽으로 가서
쿠샨왕조 카니슈카 황제의 곳
간다라에 이르렀습니다
바로 그곳 간다라 사람들이
찬란한 진리를 그대로 두지 않고

형상으로 만들었습니다
그 진리의 원조인 석가상을 만들었습니다
아름다웠습니다
아름다웠습니다
옛날 갓스물의 대왕 알렉산드로스 원정군
그 병사의 후손으로
머나먼 타국땅에 정착해서
그리스 조각 솜씨를 전승해 오다가
아름다운 석가상을 만든 것입니다
그 형상이 몇 백 년을 지나는 동안
동으로 향해
서역과 중국 고려에 이르렀습니다
그럴진대 그 형상이
그곳 묘향산 보현사에도 안치되었습니다
어느 왕가나 권세가가 아닌
저 황해도 백성 중의 젊은 형제가
고려의 한 시기 초막을 지은 이래
보현사의 수려한 도량이 되었습니다
그래서인지 보현사에서는
스승과 제자 사이의 도타움과 달리
형과 아우 사이
벗과 벗 사이 그 쓴맛도 우려내는
긴 긴 시냇물 냇물 강물 같은 생애가 있었습니다

이런 편지에야 사연도 없고 숨겨야 할 용건도 있을 리 없습니다
하지만 보내는 사람으로부터
받을 사람에게까지

이것이 온전히 전해질지 어쩔지 모르겠습니다
아니 도중의 어디선가 쓰레기통에 들어갈지도 모르겠습니다
그곳과 이곳은 아직껏 금단의 땅입니다
50년 이상 지긋지긋 분단의 땅입니다
살아 있는 휴전선은
사람들의 마음속에도 가시철망 쳐져서
어디에 편지가 오고가겠습니까
어디에 그리움 주고받을 소식이 오고가겠습니까

오직 그곳 향산군에서도 한글을 쓰고
안성에서도 한글을 씁니다
그곳에서도 같은 땅의 말을 하고
이곳에서도 같은 말을 합니다
오랜 교착어
우랄알타이어족 알타이어족의 말을 합니다

더러 중국말도 만주 여진말도 끼여들었습니다
퉁구스말도 거란말도
판도방 노름꾼 투전에도 거란글자가 새겨져 있습니다
선비말도 몽골말도 달단말도
말 달리는 흉노말도 돌궐말도
왜말도 유구말 아이누말도 끼여들었습니다
허허 먼 핀란드말
마다가스카르말 폴리네시아말
인도말 페르시아말 아랍말
셈족의 말도
아일랜드말 켈트말

포르투갈말
아니 대서양 서인도말까지 하나 둘 건너와
고려말 우리말에 끼여들어
우리말이 되어버렸습니다

옛말과
오늘의 말
어린 시절의 말과
오늘의 말 덧없이 변하건만
어머니 젖가슴에서 배운 말임에 어김없습니다
아 한글로 이곳과 그곳에서 편지를 쓸 날이 옵니다
그날의 반가움을 빌어 마지않으며
안성에서 향산으로 갈 수 없는 편지를 씁니다
우선 이것이면 됩니다 사람보다 새가 먼저 가고 옵니다

(1999)

북한시 세 편

이번에는 이북 시인들의 시 세 편을 소개한다.

먼저 소개되는 두 편은 미국에서 활동하고 있는 〈미주민족 문화예술인협의회〉에서 80년대 후반에 남·북·해외 문인들의 작품을 담아 펴낸 『통일예술』 속에 실려 있는 시들이다.

량덕보 시인의 「아리랑 노래 부르며」는 남북 7천만이 함께 부를 수 있는 '아리랑'을 부르며 화합하여 통일의 고개를 넘자는 간절한 통일 소망의 노래요, 현창섭 시인의 「나의 누이야」는 일찍이 부모를 여의고 함께 자란 남쪽에 두고 온 누이동생을 꿈에도 못 잊어 그리워하는 이산가족의 애절함을 그린 시다.

"'오빠야 한 달이면 오지, 한 달이면 오지!' / 울음 배어 떠는 네 말에 / 나는 약속했지 / '그래 꼭 온다!'"

그러나 남쪽 누이동생과 헤어지면서 한 이 약속은 40년이 넘도록 이루어지지 못했다. 약속을 지키지 못한 북쪽 오빠의 가슴에 사무친 그리움이 애절한 이 시는 수많은 남북 이산가족들의 아픔을 대변한다.

▶ **아리랑 노래 부르며**

량덕보

들어보소. 들어보소.
아리랑 아리랑 아라리오
내가 부르면
네 듣기 좋은 노래.

불러보소. 불러보소.
아리랑 고개를 넘어간다
네가 부르면
내 듣기 좋은 노래.

내 마음이자
네 마음이고
네 마음이자
내 마음이구나.

몇백 년을 부르며 내려왔다오.
몇천 년을 부르며 내려왔다오.
관북천리 처녀들이 넘길 때면
삼삼이라 대숲에도 울리는 아리랑.

이 땅에 태어나면
누군들 사랑하지 않으리오.
타향의 바람결에 언듯 스쳐도
뼈속까지 스며드는 내 나라 아리랑.

불러보소. 불러보소.
긴긴 세월 갈라져도 우리 아리랑.
들어보소. 들어보소.
분열의 장벽 높아도 우리 아리랑.

불러보소. 불러보소.
부르면 가슴엔
한겨레의 피가 뛰고
들어보소. 들어보소.
들어보면 한겨레의 정이 이어지는 아리랑.
이 노래로 목청을 합쳐
우리 겨레 너도 나도 손을 잡으면
고개 고개 험한 고개
통일의 고개를 못 넘을 리 있겠소.

▶ **나의 누이야**

현창섭

동생아
사랑하는 누이동생아
우리 헤어지던 날이
바로 오늘이다.
너도 잊지 않고 있겠지.

내 의로운 길로 떠날 때

남해 바닷가 초가집 앞에서
울먹이며 섰던 너에게 한 약속이
아직도 내 가슴에 그냥 남아 있구나.

일찍 부모를 여읜 우리였기에
떨어지지 않았던 내 발걸음
그래도 떼야 할 그 걸음 옮길 제
내 심장 뜯던 너의 애절한 목소리

"오빠야 한 달이면 오지, 한 달이면 오지!"
울음 배어 떠는 네 말에
나는 약속했지
"그래 꼭 온다!"

아 그날부터
세월은 사정없이 흐르고 흘렀건만
나에게는 지금도
열 살 소녀로만 보여오는 너.
사랑하는 누이야.
내 죽음의 우박을 헤쳐갈 때도
등 위에서 들리는 네 목소리 들으며
너와의 약속의 길 달리고 달렸다.
만나면 함께 살
고대광실을 지으면서도
춤노래로 즐기는 명절을 맞으면서도
깊은 밤 꿈속에서도
나는 네 목소리를 듣는다.

너에게 약속한 그 한 달이
백번 또 백번 수백번 흘렀건만
나는 왜서 너에게 못 가고
너는 왜서 나에게 못 오느냐.
한 달이면 서로 만날 줄 알고
너무나도 쉽게 떠나고 떠나보낸
내 마음 네 마음이 합쳐
아 통일을 안아오면 통일을 안아오면

그날에 너는
"오빠야 왔구나!" 부르짖으리니.
"오빠야 한 달이면 오지, 한 달이면 오지!"
자나깨나 들리는 너의 울음 밴 그 목소리를
나는 영영 잊어버릴 수 없구나.

　다음에 소개될 「어머니에게 보내는 편지」는 북쪽의 계관시
인인 오영재 시인의 1964년 작이다. 오 시인은 전남 장성에
서 태어나 강진에서 자란 분으로 지난 8·15이산가족상봉 때
서울에 와서 50년 만에 그리던 형제들을 만났건만 오매불망
어머니는 이미 수년 전에 돌아가셔서 만날 수가 없었다.
　이 시는 오 시인이 어릴 때부터 6·25전쟁 때 의용군으로
나가는 순간까지의 어머니 모습과 북쪽에 가서도 한순간도
빼놓지 않고 어머니를 그리워하는 절절한 심정이 눈물겹도
록 잘 묘사되어 있다. 어서 통일이 되어 어머니를 만날 그날
만을 일일천추같이 고대하는 "어머니시여 그날까지 굳세게
살아갑시다"란 결구가 읽는 이의 가슴을 울린다.

모자 이별을 통해 본 눈물 없이는 볼 수 없는 분단 애사다.

▶ **어머니에게 보내는 편지**

오영재

1

어머니에게 편지를 씁니다
몇 번째 써보는 편지인지
그것은 나도 모릅니다
보내는 편지마다
이 땅을 갈라놓은 분계선 철조망에 찢기여
저주를 안고 나의 가슴에 다시 돌아왔습니다
때로 그 장벽을 넘어 나래쳐 간 마음의 편지는
온 남녘땅을 헤매이다가 찾은
늙으신 어머니의 머리맡에
아들의 말없는 안부를 남기며
이내 가슴에 다시 돌아왔습니다

얼마나 오랜 세월이 우리를 갈라놓았습니까
어머니 품에서 열여섯 해
어머니 없이 열네 해를 나는 자랐습니다
열여섯 해 동안 나의 곁에서 나를 기른 어머니는
새옷 한 벌 해주지 못하던 어머니였고
열네 해 동안 나의 곁에 없는 지금의 어머니는
고생 많은 그 몸에 새옷 한 벌 감아드리지 못하는
아들의 가슴에 안타까운 어머니입니다

용서하시라, 어머니의 년세마저 착실히 기억하지 못하는 이 아들을
달이 가고 해가 바뀔 때마다
가버린 또 한 해를 생각하며 이 마음은 괴롭습니다

밤은 깊어갑니다
내가 사는 평양의 밤을 잠재우며
밖에는 흰눈이 내리고 있습니다
붉고 푸른 무궤도전차의 불빛이
수은등 빛나는 거리를 달려갑니다
아름다운 대동강가에 자리잡은
아빠트 5층 불 밝은 책상 앞에서
머지 않아 돐을 맞을
딸애를 잠재우며, 어머니 손녀를 잠재우며
끝맺을 길 없는 이 기나긴 편지를 씁니다
대답 없는 어머니를 부르고 부르며

희미하게 멀어져 가는 안타까운 모습이여
어머니의 모습을 보며, 어머니의 손길을 느끼는
그 어느 것 하나도 지금은 나에게 없고
다만 파도 높은 고향의 바다기슭
해질 무렵 비오는 창가에서 나를 업고 서성거리며
나직이 불러주던 자장가와… 밤을 새우던 물레질 소리
열에 들뜬 나의 머리맡에서 물오이를 깎아주시던
그 손길만이 나의 가슴에 남았습니다

젖먹이 누이동생을 업고
이 아들을 찾아온 칠십리길… 야영훈련소의 은행나무 밑

의용군 복장을 한 아들을 보며 웃으며
몸성히 싸우고 돌아오라 이르고 돌아서 간 칠십리길…
석양이 뉘엿뉘엿 저물던
그 먼지 낀 신작로 길로 멀리 사라져 가던
아아, 마지막으로 본 어머니 모습이여
그 밤 어두운 길을 무사히 가셨습니까…

2
열네 해나 어머니 품에서 떨어져 사는
이 아들은 외로움을 모르고 지냅니다
그러나 가장 행복한 순간이면
어머니는 때없이 나의 가슴에 찾아오셨습니다

잊을 수 없던 그 봄
내가 대학에 입학하던 날
나는 뒤산 잔디 우에
어린애처럼 볼을 대이고, 미여지는 가슴을 달래며
오래도록 어머니와 이야기를 나누었습니다
—어머니는 오늘부터 대학생의 어머니입니다

내 철없을 때 들은 말이
불현듯 그 순간에 되살아올랐습니다
…어느 여름밤, 쑥불로 모기를 쫓으며
한집안 식구가 편상 우에 누워자던 밤
내가 잠든 줄만 알고
온종일 일하기에 피곤하여 잠든 줄만 알고

어머니와 아버지는 몰래 늦도록 이야기하셨지요
학교가 그처럼 가고 싶었던 이 아들을 두고
학비를 댈 수 없는 구차한 집살림에 긴 한숨을 쉬며
―저애는 집일이나 착실히 시키자고…

어머니여! 나는 그날 밤 잠을 이루지 못했습니다
그것은 어머니의 말못할 괴로움을
아들의 마음으로 아파하며
철없이 부려오던 이 어리광을 후회하는 마음에서였겠습니까

내 눈비를 가리지 않고 나무를 해서라도
늘그막에나마 어머니를 마음고생 없이 모시고 싶은
그런 즐거운 생각에서였겠습니까…

아, 그러나 지금은 철이 들어 어머니를 모실 줄 알게 되였건만
어머니여, 어찌하여 지금 내 곁에 없습니까
내가 사는 집, 내가 쓰는 모든 것
내가 먹는 하루 세 끼 더운 밥이
어찌하여 다만 나의 것으로만 되여야 합니까
아침저녁 다니는 눈덮인 가로수길
꽃전등 밝은 명절의 밤
새벽을 기다려온 조국이 잠을 모르던 선거의 전야와
광장에 흐르는 시위의 물결
만세의 환호성
울리는 노래소리
춤추는 아이들
해빛 밝은 조국의 하늘과 땅이

어찌하여 이 불초한 아들의 것으로만 되여야 합니까

나의 마음은 그때마다
어머니를 부르며 부르며
저 행복한 물결 속을 헤매였습니다
그러나 부르는 소리는
환호의 꽃보라 속에 묻혀버리고
어머니는 여전히 남해 기슭, 비린내나는 바다가에서
바스락이를 주으며 바다풀을 건지며
발목에 짠물이 감기는 그 기슭을 따라
멀리 멀리 가고만 있었습니다

3
새날이 밝아옵니다
거리에서는 다섯시 방송이 울립니다
이 아들이 밤새워 부르는 이 목소리
어머니는 듣고나 계신온지…
아, 마지막으로 아들의 이름을 불러보며
이미 가버린 어머니를
이렇듯 헛되이 붙잡고 이 밤을 세운 것은 아니옵니까

날이 갈수록
행복에 겨운 이 한가슴이 차고 넘칠수록
어머니를 위하여 남기여놓은
마음 한 구석이 가슴에 아프도록 저미여옵니다
이 허전한 마음의 한 구석을

과연 무엇으로 채울 수 있단 말입니까
땅이여, 바다여, 무한의 하늘이여
무변광대한 이 세상의 그 무엇이
과연 나의 빈 가슴을 채워줄 수 있단 말입니까
아아, 그것은 하늘과 땅이 부딪치는
백주의 번개로도 우뢰로도 채울 수 없으리라

통일되여 내 고향에 돌아갈 때
어머니여, 어머니의 가슴에 안기는 순간의
내 가슴에 차고 넘칠 그 크나큰 감격도
순간에 나의 가슴을 다 채워주지는 못할 것입니다

아, 메밀꽃 하얗게 핀 고향의 밭머리
가물거리던 올이 굵은 그 머리수건이여
어머니를 찾는 아들의 부름에
《왜야―》 나직이 대답하시던 정에 어린 고향의 사투리여
다시금 느껴보고 싶어라 어머니여
어린 시절 여름날의 강변에서
나의 몸을 씻어주던 그 손길을…

바치렵니다
나의 힘도, 나의 슬기도
나의 심장, 나의 숨결, 나의 목숨도
통일의 그날을 안아올 그 길 우에 바치오리다
기다리시라, 살아계시라
그러면 내 기어이 달려가리라
내나무 우거진 그 오솔길에서 어머니품에 안기리다

어머니 머리 우에 동이 트리다
대숲은 세차게 설레이고
온 천지는 눈부신 해발로 덮이리다
아, 그날을 믿으며
어머니여 그날까지 굳세게 살아갑시다

(1964)

행사시에 대하여

　행사시란 각종 행사 때 청중을 상대로 낭송하는 시를 말한다.
　필자는 80년대 중반부터 2000년 봄까지 각종 재야행사와
이런저런 모임에서 130여 편의 행사시를 낭송했다. 보통시집
네 권 분량일 게다. 그 내용은 이른바 시적 향기보다는 반민
주 반통일에 대한 개혁의지를 표명했다. 잘못된 사회상을 바
로잡고 역사진전을 바로 이루는 데 주안점을 두었다. 행사시
를 통일시의 한 갈래라고 생각하고 기회가 있으면 행사시
전집을 발간해 볼까 한다.
　참고로 네 편을 싣는다.

▶ 어둡고 긴 역사의 터널
　－제주도 4·3항쟁 43주년에

강요당한 망각과 억압의 모진 세월
한숨과 눈물과 원한의 피토함

뒤틀린 역사의 뒤안길에서 숨죽여 신음했다
그날의 독립투사는 고혼 중음신으로 떠돈다
반역과 탄압의 광풍만이 험상맞아
역사의 함성으로 용틀임쳤던 제주도
유채꽃도 너와집도 돌각담도 조랑말도 백록담도 한라산도 일
출봉도 정방폭포도 민속물도
박제된 눈요기 상품에 지나지 않아
관광 안내원들의 유창한 말솜씨 속에
그날을 증언하는 알찬 목소리는 없다
관광 신혼부부들아
그대들이 배경으로 사진 찍는 돌각담을 눈여겨보라
미군과 친일경찰과 서북청년단에 맞서
마지막 총알을 쏘고 슈류탄을 터뜨려 작렬한 최후를 마친 곳
관광객들이여
바닷가 백사장을 무심히 거닐지 말라
발 밑에는 생매장당한 해골이 묻혀 있느니라
파도소리는 그날 용사들의 애꿎은 울부짖음
아름다운 제주도는 역사의 고비마다 외세와 맞서 싸운 한복판
독재는 그날의 진실에 철판보자기를 씌웠다
오늘은 민주주의와 통일을 향한 새날
제주도는 기억 소생의 수평선 위로 떠올랐다

(1991. 4. 3)

▶ **몽양 여운형 선생 영전에**
　　－서거 45주기에 부쳐

분노와 눈물로 돌이켜봅니다
45년 전 오늘을!
긴 장마철 쌀도 돈도 떨어졌을 때
여 선생을 찾아 이야기를 나누고 싶었습니다
이름깨나 있다는 자들이
겨레와 나라를 팔아먹는 글을 썼을 때
여 선생의 말씀을 듣고 싶었습니다
저 일제 민족말살 암흑 시기
여운형은 3·1운동의 뿌리요
상해 임시정부 수립에 큰 몫을 담당했던 겨레의 기둥이었습니다
아시아 천지에서, 조국의 품에서,
그 번듯한 외모가 보입니다
그 유창한 사자후가 들립니다
일제 총본산 우두머리들 앞에서 불을 뿜은
현하의 변
청사에 남을 '독립투쟁의 예술'이었습니다
해방의 감격과 환호 속에 솟은
저 '건국준비위원회'의 깃발
백두산과 한라산에 비춘
민족소생의 햇발인저!
친일잔재 민족 배반자들이
반탁을 외칠 때
찬탁으로
임시정부 수립에 심혈을 기울였건만,
이승만의 분단노선에 맞서
좌우합작 통일노선을 치켜들었건만,
아아,

그대의 천재적 정견에 따랐더라면
반세기 민족분단 비운은 막았을 것을!
거성도 가고 세월도 갔지만
역사는 똑바로 기록합니다
'여운형 노선이 겨레 살리는 길이었다'
당신의 생애는 광휘롭고 웅혼했습니다

오늘은 묘비도 세우고
유덕과 위업을 우러르며
추모의 정을 나누고 있습니다
귀여운 딸 연구는, 지금
아버지의 뜻을 이어받아
세계 도처에서 조국통일을 위해 밤낮 뛰고 있습니다
저번, 조화를 안고 46년 만에 서울에 왔건만
아버님 묘소에 바치질 못하고
눈물을 뿌리며 돌아갔습니다
처참한 현실이지요
가슴이 아플 뿐입니다
역사적 남북합의서가 이미 채택되었습니다
겨레와 역사를 거스르는 반역을 물리치고
당신의 높은 가르침대로
남북형제는 기필코 자주통일을 이룩하고야 말 것입니다
선생은 우리 민족의 해방과 독립뿐 아니라
인간해방이라는 인류의 높은 이상까지 펼쳐보이고 가르쳐주신
대선각자 대애국자였습니다
몽양 여운형 선생,
천계에서도 저희들에게 힘과 용기를 주세요 이끌어주세요

조국통일의 그날까지
인류해방의 그날까지

(1992. 7. 19)

▶ 나라 망신살 국가보안법
─국가보안법 철폐를 위한 범국민연대회의에서

국가보안법!
이십세기 후반 한국 악귀의 부끄러운 대명사입니다
조국 분단의 원흉입니다
대한민국의 망신살입니다
애국과 비애국
정의와 불의
선과 악
진리와 허위를
싹다 뒤바꿔놓았습니다
모든 가치척도가 전도되었습니다
세계의 지탄과 비웃음을 한몸에 받았습니다
그래도 끄떡없습니다
단군 할아버님의 불호령이 떨어집니다
'그놈 악법 당장 집어치우렷다!'
천륜 인륜을 거슬은
천하 악법이여!

친애하는 시민 국민 여러분! 특히 국회의원 여러분!
우리는 왜 반백 년간이나 남북이 갈라져 살아야 합니까?

오늘 지구상에서 이보다 더 큰 비극이 또 어디 있겠습니까!
가슴이 천 갈래 만 갈래 찢어집니다
아우성이 들립니다 곡성이 들립니다
이것은 통일을 가로막은 국가보안법 때문입니다 반공교육 때
문입니다
IMF사태는 왜 일어났습니까?
외세의존 예속경제 탓입니다
역대 정권은 자주정신은 팽개치고
미국을 등에 업고 그가 시키는 대로만 했습니다
이런 잘못된 정치를 바로잡으려는 사람들을
국가보안법은 불순분자다, 폭도다, 빨갱이로 몰아
죽이고 가두고 내쫓았습니다
지난 50여 년 동안
국가보안법 칼날 때문에
학살되고
사형당하고
감옥가고
병신되고
미쳐버리고
패가망신하고
도망간 사람이
무려 수백만을 헤아립니다
국가보안법은
부자간, 형제간, 부부간, 이웃간이 원수지게 만들었습니다
공포분위기를 조성해 사회는 활기가 없고 암울했습니다
사람들은 벌벌 떨었습니다
하루도 편안한 날이 없었습니다

사람들은 서로 믿지 않고 고향을 등졌습니다
국가보안법은
형제를 둘로 갈라놓고
개개인의 인간성을 말살해 버렸습니다
이는 민족적, 국가적, 인간적 큰 손실입니다
아름다운 고향, 아름다운 마음씨는 간데온데 없습니다
사람들은 마음이 거칠어져 툭하면 싸움질이었습니다
국가보안법이 판을 치는 사회에 외래 썩은 문화가 들이닥쳐
우리 사회는 지금 엉망이 되고 말았습니다
돈과 성을 위해
얼마 전에는 지존파 막가파 온보현 같은 살인마가 날뛰었고
한상룡 김성복 같은 살부자가 나타나더니
요즘은 다만 돈을 위해 아들의 손가락을 자르고 아들에게 독
극물을 먹이는 아버지가 나타났습니다
영웅파라는 새 살인마도 또 등장했습니다
돈을 쥐기 위해서라면 자기의 발목도 자르고 달리는 차에 뛰
어들어 병신이 되기도 합니다
통틀어, 인성을 저버린 국가보안법으로 반세기를 다스린 결과
부정, 부패, 사기, 강도, 절도, 강간, 폭력, 성폭행, 도박, 마약, 살
인, 허위날조 등 온갖 범죄가 제 세상을 만났다고 판을 칩니다
국가보안법과 반공교육과 외래 썩은 문화가
우리의 아름다운 인성과 인권을 파괴하고 말살했기 때문입니다
이렇듯 우리나라는 50년을 헛살아 왔습니다
50년을 후퇴했습니다
국가보안법을 그대로 두고는 나라의 앞길은 막막합니다
완전 철폐해야 합니다
정의구현사제단 신부를 비롯해 전국 많은 인사들이

삭발 단식으로 철폐를 촉구하고 있습니다
지금 정부와 여당에서는
고무 찬양 불고지죄 등 일부 조항만 삭제 개정하려고 합니다
안 됩니다 안 됩니다
북을 적으로 규정하고
범민련과 한총련을 이적단체로 묶어두는 국가보안법은
단연 완전 폐기돼야 합니다
금강산 구경을 갔다왔다하고
정주영 씨는 평양을 들락날락하는 마당에
국가보안법은 아무리 우겨도 이미 존속 명분은 사라졌습니다
썩은 법입니다 죽은 법입니다
더 웃기는 것은 야당입니다
여당 안조차 거부하고 그대로 두자고 강변한다니
이 사람들이 도대체 제정신입니까 아니면 단군의 후손이 아닙
니까?
국가보안법 존속을 주장하는 무식하고 비애국적인 사람들을
다음 총선에서는 반드시 낙선시켜야 합니다
김대중 대통령과 국민의 정부는
국가보안법을 완전 폐기하고 평화통일법을 제정해야 합니다
반공교육 대신 홍익인간교육을 펼쳐야 합니다
한·미·일 공조 대신 남북 공조 자주정치로 국운을 열어야 합니다
더구나 한·일 합동군사훈련이라니, 이게 어디 말이나 될 법합니까
이렇게 되면
IMF 국난도 풀리고
세상은 깨끗해질 것입니다
나라 안은 활기가 넘치고 사람들은 힘이 솟아
각 부문 생산성은 눈에 띄게 높아질 것입니다

따라서, 겨레의 한맺힌 피맺힌 숙원인 통일의 문은
활짝 열릴 것입니다
친애하는 시민 국민 여러분! 특히 국회의원 여러분!
저기 겨레의 새벽이 어김없이 동터옵니다
와아!!
환호성을 울리며 달려갑시다

1999년 10월 30일
국회 앞 광장에서

▶ **통일 위업의 큰잔치 마당에서 꼭 다시 만납시다**
　—비전향 장기수님들을 보내며

고향으로 돌아가는 예순세 분 장기수, 아니 통일일꾼님들이여!
님들은 인제 님들을 낳아주고 키워준 고향 어버이 위대한 조국의 품으로 돌아갑니다
비록 남쪽에 태어났어도 영원한 마음의 고향인 북쪽으로 돌아갑니다
이건 꿈이 아닌 살아 숨쉬는 현실입니다
축하합니다
반갑습니다
감격입니다
생애 최고의 순간입니다
님들의 아버님 어머님 처자식이 50년간 한숨과 피눈물로 기다린 고향으로 돌아갑니다 정든 옛집을 찾아갑니다
무정할사 흑발이 백발이 되고 홍안이 노안이 되어 돌아가는군요
칠순도 넘은 노총각으로 돌아가는구려

어쩌면 살아 생전에 가지 못할 뻔했던 그리운 고향, 그리운 가
족 곁으로 돌아갑니다
눈물아 펑펑 쏟아져라
남북 두 지도자의 역사적 민족적 애국적 공동선언 결과로,
그대들과 애국민중의 줄기찬 싸움의 결과로,
님들은 지금 그리던 고향땅으로 돌아갑니다

돌이켜보면,
동서 냉전의 틈바구니에서,
좌우 대립의 혈투장에서,
20세기 피의 중마루턱을 넘기란
참으로 힘겨웠습니다 전신경 오장육부가 갈갈이 찢어졌습니다
죽기 살기의 지옥 숨바꼭질
생피가 타고 미쳐버릴 지경이었습니다
아, 빼앗긴 50년 세월, 님들은
진리를 위해,
민주주의를 위해,
통일을 위해,
삶의 지옥에서 목숨을 초개같이 내던져
초인적 강철의지로 굽힘 없이 줄기차게 싸웠습니다
싸우다 죽은 동지도 그 얼마이든가요
님들은 싸우고 싸워 죽지 않고 끝내 이겨내어
오늘 귀향의 장도에 오르게 되었습니다
50년대 60년대 70년대 남쪽 감옥은
감옥 사상 유례를 찾아볼 수 없는 인간지옥이었습니다 인간도
륙장이었습니다
저 70년대 치떨리는 전향테러 현장을 한번 그려 보이면

평범한 보통사람은 십중팔구는 기절할 겁니다
전향테러 와중 한장호님의 호령소리를 들었지요 "이놈들아, 너
희들이 감히 우리를……"
홍문거님의 너털웃음을 기억하지요
"어! 물해장 한번 잘했군!"
'야! 살아있구나! 저거다!'
그건 바로 애국영웅의 절규가 아니었던가요
님들은 그 살륙장에서 지조를 굽히지 않고 강철의지로 싸워
용케도 살아남아 끝내 승자가 되었습니다.
님들의 철의 생활철학에 탄복합니다
님들은 바로 인간의 존엄성과 인권의 신성함을 체현하고 지켜
주었습니다
누가 인간을 약자라고 했던가요
님들의 이름은 청사에 길이 남을 것입니다.

남쪽 우리들은 지난번에는
북쪽 소년학생예술단과 교예단의 공연을 보고
그 놀라운 신기에 감탄했습니다
이번에는 북쪽 교향악단의 공연을 보고
그 높은 예술성에 또 한 번 탄복했습니다 황홀했습니다 매료
되었습니다
지금 님들이 돌아가는 고향은
새로운 겨레문화가 활짝 꽃피었습니다
백두산 아래 휘영청 박달벌에는
오곡백과가 무르익고
공장에서는 기계소리가 요란합니다
노루 토끼도 좋아라 춤을 춥니다

세계 어떤 강대국도 감히 넘보지 못할
옛 고구려를 꿈꾸는 강성대국으로 자라나고 있습니다
그런 고향으로 님들은 지금 돌아가는 겁니다
부럽습니다
자랑스럽습니다
축하합니다
지난 50년이 너무도 잔학한 지옥 가시밭이었기에
오늘의 기쁨과 감격은 그만큼 더 큽니다
젊음도 명예도 사랑도 다 빼앗긴 채
0.8평 독방에서 오로지 조국사랑 일념으로
바위산같이 우뚝 버티고 버티어
드디어 오늘 감격스러운 환희와 영광을 한아름 안았습니다
세계 역사상 이런 비극, 이런 귀향, 이런 환희는 일찌기 없었습니다
지금 북쪽에서는 님들을 맞을 겨레잔치 준비가 한창입니다
부디 잘 가셔서 건강을 회복해
백세도 넘어 넘어 마냥 장수를 누리셔서
저 통일 대위업의 큰잔치 마당에서 꼭 다시 만날 것을 기약합니다
님들의 앞날에 보다 크낙한 영광이 있으라!

(2000. 9. 2)

2000년대 전망

　지금 우리 남북 칠천만 겨레는 감격과 흥분과 환희의 역사적 대전환점을 맞고 있다.

　2000년 6월 초에는 평양학생소년예술단과 평양교예단의 공연을 보고 그 높은 예술성 민족성에 모두들 신기라고 극구 찬양 탄복했다.

　6월 13~15일에는 김대중 대통령이 평양을 방문 김정일 국방위원장을 만나 분단 56년 만에 처음 역사적 6·15남북공동선언을 발표했다.

　뒤따라 남북 장관급회담에서는 상호 비방 중지, 이산가족 상봉, 경의선 경원선 복원, 회담 정례화 등을 합의했다.

　김정일 위원장의 초청으로 남쪽 언론 사장단이 평양을 방문했다.

　북쪽 교향악단이 서울에 와서 남쪽 교향악단과 합동공연을 했다.

　8·15해방 50주년인 광복절에는 남북 이산가족 100명씩 서울과 평양을 교환 방문해 온 국민에게 감격의 눈물을 자아

내게 했다.

9월 2일에는 20년~45년간 옥살이 한 비전향 장기수 63명을 그들의 희망대로 북으로 송환했다.

이번 시드니올림픽에서 남북 선수가 공동으로 입장하기로 합의했다.

9월 12일 추석 명절에는 남쪽 TV방송단이 평양을 거쳐 백두산 정상 장군봉에 올라 북쪽 방송단과 합동으로 백두산, 한라산, 서울을 잇는 3원 방송으로 꿈의 전파를 날려 백두산 전경과 천지의 영험한 모습, 남북 양쪽의 생활상 등을 방영해 남과 북은 진정 하나임을 전세계에 과시했다. 온 시청자는 그저 감동하고 환성을 터뜨릴 뿐이었다.

숨쉴 틈도 주지 않는 이러한 역사 파노라마는 6월 14일 이전에는 어느 누구 하나 꿈도 못 꾼 일이다. 반공치하에 굳게 닫힌 문과 사회주의 철문이 이렇게 쉽게 열릴 줄은 누구도 미처 몰랐다.

녹슨 분단 철조망이 와직끈 끊어지는 소리가 들린다.

2000년도 벌써 8개월 반이 지났다. 그새도 보나마나 통일시는 없었으리라. 적어도 6월 14일 이전까지는 그러했다. 그러나 위에서도 말했거니와 남북 정상회담 이후 남북 관계는 하루가 멀게 급변하고 있다. 그 속도는 과시 폭발적이다. 지금까지 그 누구도 예측 못했던 상황이요 속도다.

이러한 상황 변화에 맞춰 이젠 본격적 통일시도 쏟아져 나와야 할 때가 되었다. 민족민중시인들의 분발을 기대해 본다.

2000년 6월 15일 대한민국 김대중 대통령과 조선민주주의인민공화국 김정일 위원장과의 공동선언문 발표는 우리나라뿐 아니라 전 세계에 커다란 반향을 불러일으키며 감동을 주었다. 밀레니엄국제회의에서조차 지지성명을 채택할 정도였다.

남북 분단 55년간이 가져다준 고통과 피눈물과 민족적 손실은 어마어마하다. 이제 6·15남북공동선언으로 분단은 종지부를 찍을 수밖에 없고 참된 현대사는 다시 씌어져야 한다.

1959년 「반도의 꽃노을」을 쓴 부산 임수생 시인에게 전화를 걸었더니 곧바로 「웃음」「눈물 2000」 두 편을 전송해 왔다. 두 정상의 만남에 물론 큰 감명을 받았다.

「웃음」은 "꽃이 절정의 순간 / 꽃잎을 활짝 펴며 향기를 발산하는 / 극치의 미학이 웃음이다"고 시작되었다.

즉 분단을 끝장내려는, 새 역사를 창조하려는 극치의 순간의 아름다움이 곧 웃음이라는 말이다. 두 분의 만남을 이런 아름다운 웃음과 결부시킨 것이다.

"이념을 뛰어넘고 / 모순을 뛰어넘고 / 고집을 뛰어넘어" 만났다고 했다.

이 만남은 '남북 통합의 첫 삽질'이요 '해맑고 강력한 초월적인 민족철학'이라고 규정지었다.

임 시인의 「웃음」에 곁들여 주제가 비슷한 필자의 졸시 「남북 정상회담」도 끼워넣었다. 「눈물 2000」은 이산가족 상봉을 다루었다.

▶ **웃음**

임수생

꽃이 절정의 순간
꽃잎을 활짝 펴며 향기를 발산하는

극치의 미학이 웃음이다
새 천년 6월
남과 북의 정상이 55년 만에 만나
환한 웃음과 감격의 포옹을 격없이 주고받던
순안비행장
60만의 거대한 꽃물결이 줄을 지어
열광하던 평양거리
짜릿한 감동은 전류를 타고
세계만방으로 퍼져 나갔다
이념을 뛰어넘고
모순을 뛰어넘고
고집을 뛰어넘어
서로 신뢰하고 존중하고
체제를 이해하고
대화로써 물꼬를 트게 하는 민족사적 결단은
역사를 역으로 돌리지는 않으리라
웃음에 침을 뱉을 수 있는
용감을 뒤엎고 만용에 다가갈 사람 누구 있으랴
정상끼리의 만남은
남북 통합의 첫 삽질
해맑고 강력한 초월적인 민족철학이었다

(2000. 6. 17)

필자는 지난 6월 남북 정상회담 때 6월 13일과 16일에 다음과 같은 즉석시를 썼다.

이기형

1. 새 역사의 순간

칠천만이 숨을 죽인 순간이었다.
전 세계가 손에 땀을 쥔 순간이었다.
대한민국 비행기가 북쪽 순안공항에 착륙, 엔진소리가 멎었다
이때, 앗 저건, 카키복장의 김정일 위원장이 아닌가!
칠천만은, 전 세계는, 눈을 다시 뜬다
트랩 아래에서 걸음을 멈췄다
문이 열렸다
김대중 대통령이 밖으로 나왔다
잠시 북녘 산하를 바라본다
두 사람은 마주보고 박수를 친다
김 대통령이 트랩을 내려온다
1초 2초 3초……
칠천만의 눈은
TV 화면에 빨려들어갔다
드디어, 두 정상은
두 손을 굳게 마주잡았다
"반갑습니다!"
"만나서 반갑습니다!"
아! 갈라져 56년 만에 만났구나!
"와직끈!"
분단 철조망이 끊기는 소리
2000년 6월 13일 10시 36분 20초!

통일새벽은 동텄다
남북 칠천만은 환호했다
흥분과 감격의 도가니!
전 세계도 탄성을 터뜨렸다
김 대통령이 환영의 물결을 헤치고 차에 오르자
앗, 김 위원장이 동승한다!
두 지도자는 나란히 차를 타고
새 역사의 첫길을 떠났다

(2000. 6. 13)

2. 새날을 열어가세

내 나이 여든넷
다만 통일을 기다려 이를 악물고
오래 살다 보니
꿈인가 생시인가
이런 날도 있구나!

2000년 6월 15일
평양 백화영빈관에서
김대중 대통령과
김정일 위원장은
뜨거이 포옹하고
통일, 화해. 협력을 선언했다
아! 인제 드디어
분단 지옥은 가고

통일 새벽은 동터오나 보다
갈라져 56년!
민족 회생의 거보가 아닌가
지구상 마지막 남은 냉전 얼음덩이가
우지직, 깨지는 소리
한숨과 통곡과 피눈물로 얼룩진
오욕의 분단사가 종말을 고한다
박수, 갈채, 만세, 환호
산천초목도 강물도 춤췄다
그대 두 분은, 정녕
통일지도자로 청사에 길이 남으리

회한과 분노의 심연에서 솟아올라
겹겹이 들씌워진 굴욕의 멍에를
하나하나 벗어 던지고
환희 웃으며,
흐드러지게 사랑하며,
힘차게 새날 새 역사를 열어가세

(2000. 6. 16)

▶ 아름다운 정지
－남북 정상회담을 보며

김진경

그 숲길 내려오다
옹달샘 물 흐르는 굽이에서 발 멈춘다

누군가 방금 물을 마시고 간 듯 수면이 흔들리고
어른거리는 햇빛이 얼굴을 간지럽힌다
아무래도 두고 온 집, 햇살 가득한 뒤란
어제 못 보던 풀잎 삐죽이 돋고
초록 붓꽃 눈뜬 걸 보면
거기 누군가 있었던 것 같다
그이가 방금 물을 마시고 간지도 모르겠다

그 숲길 내려오다
조팝나무 하얗게 핀 굽이에서 발 멈춘다
누군가 방금 조팝나무 숲을 헤치고 들어간 듯
밥풀 가득한 가지가 흔들린다
아무래도 두고 온 집, 햇살 가득한 뒤란
구석의 풀잎이 흔들리는 걸 보면
거기 누군가 있었던 듯싶다
그이가 방금 조팝나무 사이로 지나간지도 모르겠다

안개 자욱히 앞을 가려
두려움에 쫓기듯 종종걸음친 우리들의 길에도
멈추어 서는 굽이들은 있었다
죽음만이 가득한 도시의 밤에도
최루탄 자욱한 아스팔트 위에서도
우리들은 산복숭아꽃 피어 있는 굽이를 보았었다
누군가 방금 지나간 듯 흔들리는 분홍빛 나뭇가질 보았었다

지금 저기 마주보며 다가가는 두 사람은
수많은 사람들에 둘러싸여 있지만

실은 혼자서 옹달샘 물 흐르는 굽이에 조용히 멈추어 서는 것이다
그리고 오래 전에 두고 온 집
햇살 가득한 뒤란의 그이를 생각하는 것이다
방금 샘물을 마시고 간 그이에게 손을 내미는 것이다

지금 저기 마주보며 다가가는 두 사람을 보고 있는 우리들은
두 사람을 보고 있지만
실은 조팝나무꽃 하얗게 핀 굽이에 멈추어 서서
방금 그이가 들어간 숲에 귀를 기울이는 것이다
모든 속도가 죽고
처음처럼 다시 시작되는
오래 전의 그 개울물 소릴 듣는 것이다

(2000. 6)

 성급한 독자는 제목을 보고 시 내용을 얼핏 읽고 나서는
이게 무슨 통일시인가고 반문할지도 모른다. 그러나 다시 꼼
꼼히 읽어 보면 이내 수긍이 갈 것이다. 시의 구성, 은유, 상
징, 형상화가 뛰어났음을 알 수 있다.
 김대중 대통령과 김정일 위원장은 냉전이 한창 기승을 부
리던 시절의 논조라면 적이요 원수다. 그러나 두 분 다 농경
사회의 후손으로서 옹달샘 물을 마셔본 경험이 있을 것이요
조팝나무 숲길을 걸어본 기억이 있을 것이다. 햇살 가득한
뒤란의 그이를 생각하고 오래 전의 고향 개울물 소리도 듣
고 싶어 할 것이다.
 지난날 민주항쟁의 어려운 마당에도 산복숭아꽃 핀 굽이와
누군가 스쳐지나간 분홍빛 나뭇가지를 본 기억들을 따뜻이
더듬어준다.

　나는 순자의 성악설보다 맹자의 성선설을 더 믿는 사람이
다. 인간성을 악하게 만든 것은 환경과 자본의 탓이라고 믿
기 때문이다. 우리 남쪽의 반공교육이 북쪽에 대해 근거 없
는 성악설을 부추긴 것은 사실이다. 그러나 빈공교육도 사회
주의 교육도 두 김씨가 만나는 것을 막을 수는 없었다.
　마지막으로 시 제목의 '정지'에 대해서 몇 마디 해볼까 한
다. 두 김씨가 악수하고 포옹할 때는 물론 정지 상태다. 그야
말로 아름다운 정지다. 그러나 이 정지는 처음부터 다시 시
작하기 위한 전진 비약의 전 단계임을 알아야 한다.

　김지향 시인의 「열린 문을 향해」는 남북 두 정상의 6·15공
동선언을 염두에 두고 쓴 이른바 통일시다. 김지향 시인의
종래의 일관된 시풍으로 볼 때 참으로 파격적이다. 그의 시
적 기교가 무너지는 소리가 요란하다. 그러나 이건 80년대
민중시에서 우리들이 이미 경험한 바다. 김 시인 자신은 외
도가 아닌가고 걱정할지도 모르지만 나로서는 당연하다고
환영한다. 시인의 비단결 시심이 짜내려간 하나의 분방한 화
폭이다.

▶ **열린 문을 향해**

김지향

우리는 날마다 새로 뜨는 해를 보며
한 묶음의 기다림과 꿈을 엮어 띄웠다

어언 50년!

우리가 띄운 소망의 꿈이
세상 가슴으로 들어가
세상의 찌푸린 얼굴이 짜--악 펴지고
세상 가슴의 응어리가 싸--악 풀려
참 밝고 아름다운 평화가
펼쳐지기를 희망했다

세상을 썩게 하는 산성비도
세상을 앓게 하는 어둠도
모두 지워지기를 기원하며
한 소쿠리의 소금을 세상가슴에
쏟아붓기 50년!

그런데 문득,
참으로 문득, 닫힌 문이 열리고
온 세계를 비추는 금빛 웃음이 새나왔다
우리는 두근거리는 가슴으로
저 문이 되닫힐까봐 조심조심
세상을 내다본다

서로 빗겨서서 눈 흘기며
얼굴 붉히던 기억도
서로 등 돌리고 서서 팔 휘두르며
퍼붓던 비꼬움의 기억도
아득히 저문 밤 속으로 떠나보내고
세월의 고비를 넘을 때마다
엉히던 오뇌도 가슴아림도

기억의 갈피 속에 숨은 아픔도 설움도
오늘은 모두 불러내어 불태워버린다

빛을 뿌리는 햇볕을 향해
꿋꿋한 의지를 드러낸
청솔나무의 청푸른 삶을 배우며
우리는 이제 가슴을 활짝 열고

어제를 잊어버리기
이웃을 사랑하기
내일을 아름답게 만나기
연습을 하며
하나로 통일된 세상을 그리며

열린 문으로 한발 한발
발걸음을 내딛는 중이다.

(2000. 7)

우리 근역 백의민족이 뜻밖에도 타의에 의해 혈육이 남과
북으로 갈라져 어느덧 만 55년이 되었다. 끔찍하고 원통하다.
그새 서로 만나기는커녕 편지 한 장, 전화 한 통 없었다. 서
로 캄캄 몰랐다. 가까운 곳은 고향이 바로 저긴 데도 말이다.
이런 기막힌 곳은, 희한한 곳은, 동서고금 우리나라뿐이다.
부끄럽고 가슴이 찢어진다.

그러던 것이 지난 6·15남북정상의 공동선언으로 녹슨 분
단 철조망이 와찍끈 끊기는 소리가 들렸다. 막힌 물꼬가 트
이기 시작했다. 감격, 환호, 갈채, 삼천리 산하는 덩실덩실 춤

을 쳤다. 금강산 남북장관급회담에서 이산가족상봉 세칙에 합의를 보아 2000년 광복절 날인 8월 15일 남북 이산가족 각기 100명씩 서울과 평양을 교환 방문해 꿈 같은 눈물의 피붙이 상봉을 했던 것이다.

임수생 시인의 「눈물 2000」과 필자의 졸시 「눈물의 바다」가 다같이 8·15이산가족상봉을 다루었기 때문에 함께 싣는다.

임 시인은 '헤어진 혈육의 상봉은 하나의 민족 하나의 조국 한마음 한뜻의 감동으로 전신을 휘감았다'고 감격한다. '7천만의 가슴에 눈물을 껴안긴 조국의 비극'이라고 한탄도 한다.

"눈물 2000년이여 / 아아, 7천만의 눈물이여 / 감격적인 만남이여 / 조국과 민족은 하나인 것을."

시인의 눈물겨운 감격의 절규에 가슴이 뭉클 엄숙해진다.

▶ **눈물 2000**

임수생

2000년 8월 15일
평양에서 서울에서
반세기의 눈물은 한바다를 이루었다
이른 아침
풀잎에 맺힌 영롱한 이슬이
눈물보다 더할 수 있겠는가
오색찬란한 비누방울이
눈물보다 더할 수 있겠는가
땅덩이를 원으로 감싸안고 있는 물방울이

눈물보다 더할 수 있겠는가
헤어진 혈육의 상봉은
부모형제자매의 울음은
하나의 민족 하나의 조국
한마음 한뜻의 감동으로 전신을 휘감았다
우리의 눈물은
울음인가 통곡인가 절규인가 절통인가
민족을 한순간 하나로 뭉친 감정의 극치는
통한인가 비탄인가 통분인가 탄식인가
약관의 나이나
20대나 30대에 떠나
성성한 백발이 되어
죽음이 되어 돌아와
7천만의 가슴에 눈물을 껴안긴 조국의 비극
정치는 비극을 외면하고 엽전치기만 했는가
아아, 만나기는 만났지만 어찌 헤어질꺼나
서울에서 평양에서
되돌리는 발걸음이 떼어지지 않아
아아, 우리의 눈물을 누가 흘리게 만들었는가
누가
사상인가 이념인가 세계사의 물결이었던가
우리는 민족 앞에 조국 앞에
집단이기주의의 장난을 치지 말아야 한다
눈물 2000년이여
아아, 7천만의 눈물이여
감격적인 만남이여
조국과 민족은 하나인 것을   (2000. 8. 15)

▶ **눈물의 바다**
　　－8 · 15이산가족 상봉에 부쳐

이기형

고요한 아침의 나라에
비극의 절정이 아우성쳐

우리 아버지를 우리 어머니를 할아버지를 형님을 동생을 누님을……
내 아들 내 딸을
찾고 기다린 피눈물의 50년!
애간장이 타고 타서 재가 된 원수 같은 50년!

2000년 8월 15일
꿈인가 생시인가 그리던 피붙이들을 만났다
서울 코엑스홀은 워커힐호텔은
평양 고려호텔은
기쁨과 감격과 눈물과 통곡의 바다
아니, 삼천리는 온통 눈물의 바다
죽었다고 가묘를 만들고 제사까지 지내던 형님이 죽지 않고
한 시간 길을 50년이 걸려 백발로 돌아와
부둥켜안고 엉엉 눈물의 아우성을 친다
95세 치매 어머니가 돌아온 노인 아들의 이름을 기억해 냈다.
"춘식아! 춘식아!"
69세 아들이 백세 어머니 주름투성이 볼에 뺨을 비벼대며 "어머니 어머니" 눈물을 쏟는다
병석에서 사경을 헤매던 노모가 눈물도 말라 "어데 갔다 인제

오냐"를 되뇌이며 아들의 손을 더듬는다

……

……

내 죽지 않고 여든네 살까지 살아

오늘, 전무후무한 희대의 민족비극을 보는구나

네탓 뉘탓 접어두고

南아 北아

세상 만사는 바로 사람이 하는 거지

어서어서 하나 되어

정녕 겨레의 새날을 열어가세

(2000. 8. 16)

▶ 청진여자

안도현

내가 사는 남쪽 나라

쓸쓸한 눈 내리면,

미군 없는 청진항에서

헌 자전거 한 대 빌어 타고

퍼붓는 눈발을 따라가서

어둠을 털어내는 전등을 밝힌 집

백설기 같은 김이 하얗게 서린

유리문 열고 들어서면

갈탄 난로가 뜨거운 집

이름도 버리고 돈도 없이 왔노라고

내가 등푸른 한 마리 정어리로

당신과 헤엄치고 싶다 말하면
동해 같은 자궁을 열어주는
사랑이라는 말보다 더 아름다운
청진여자, 그녀와 하룻밤 자고 싶다
봄에 눈이 온다는
물 맑은 청진항 부근에서
꿈의 벌레 같은 눈송이들이
이부자리를 따뜻하게 적시는 밤
아내를 남쪽에 두고
나는 죄짓는 마음도 모르고
헝클어진 머리카락 미역냄새를 맡으면
부끄럼 없이 굵어지는 어깨와 팔뚝
한반도의 허리를 꼭 껴안듯이
더 깊은 신천지 속으로
힘차게 나를 밀어넣으면
온 바다로 파도 치는
청진여자, 그 여자와 하룻밤 자고 싶다
내가 사는 남쪽 나라
쓸쓸한 눈 내리면,
모든 것을 다 주어야
비로소 하나 되는 날
그 설레이는 첫 새벽에
동해 붉은 해 같은 아이를 낳아
넘치는 젖을 물리게 될 청진여자여,
우리는 간섭받지 않는
부부가 되고 싶다.

(2000. 8)

80년대에서 90년대 초까지의 민족민중시와는 사뭇 다른 통일지향적 시풍이다. 그때의 시가 냉전적 사고에서 완전히 벗어났다고 자신 있게 말할 수는 없다. 부시와 고르바초프가 지중해 연안 몰타에서 동서 냉전 해소를 선언한 것은 1989년의 일이니까 그럴 법도 했다. 80년대에 만일 북쪽 여자와 결혼하고 싶다고 말했다면 귀걸이 코걸이식 국가보안법에 걸릴 수도 있었다. 하지만 6·15남북공동선언 이후로는 실질상 국가보안법은 기능을 상실했다고 보아야 한다. 하지만 악법은 오늘도 여의봉을 휘두르고 있는 실정이니 안타깝다. 어쨌든 시인 안도현은 북쪽 여자와 결혼하고 싶다고 시상의 날개를 펼쳐 돈 한푼 없이 삼팔선을 넘어 청진까지 갔다. 그 통일 염원에 박수를 보낸다.

80년대 시의 최대 약점은 서정성의 결핍이었다. 동시에 남녀관계 즉 사랑에 대해서는 너무나 경직되어 있었다. 여러 가지 사정을 감안하더라도 말이다. 그렇다고 해서 남쪽 현대식 육감 서푼사랑의 난무를 환영한다는 뜻은 결코 아니다. 사랑은 인간 행위에서 불가결이지만 내용 없는 감각적 사랑은 침뱉는다.

다음으로 이 시에서 표현의 대담성과 신선함에 대해서 살펴볼까 한다. "동해 같은 자궁을 열어주는"이라는 표현은 성적 자극을 일으키는 대담한 표현이지만 야해 보이지는 않고 시의 유연성과 호기심을 살리는 데 도움이 되었다. 성행위를 나타내는데 "부끄럼 없이 굵어지는 어깨와 팔뚝"이라는 말은 다음으로 이어지는 말 즉 "한반도의 허리를 꼭 껴안듯이 더 깊은 신천지 속으로 힘차게 나를 밀어넣으면"으로 이어짐으로써 살아난다. 신천지는 꼬치꼬치 따지지 않겠다. "등푸른 한 마리 정어리로 당신과 헤엄치고 싶다" "동해 붉은 해

같은 아이"라는 표현도 신선미가 넘친다.

아뭏든 통일의 필요성 당위성 절박성을 이 정도로 녹여낸 시를 썼다는 것은 작자 안도현을 위해, 강호 독자를 위해, 만강의 찬사와 축복을 받고도 남을 만하다.

이행자 시인은 지난 3개월 동안의 급격한 역사진전의 본질을 정확히 파악하고 다음과 같은 시를 보내왔다.

▶ **"아니요" 속에 통일이 있지요**

이행자

여러분!
북한 동포가
우리의 적인가요?
"아아ㅡ니요!"

여러분
김정일 장군이
초전박살 해야 할
붉은 도깨비든가요?
"아아ㅡ니요!"

그렇지요
바로 여러분의 "아아ㅡ니요!" 속에
통일이 있지요.
여러분

국토는 아직 통일이 못 되었지만
민족은 이미 통일 되었다구요.

(2000 9)

　분단 55년간 정확히는 2000년 6월 14일까지는 우리 남쪽 반공교육은 북쪽 사람들을 뿔난 붉은 도깨비로 가르치고 헐뜯었다. 북쪽 지도자에 대해서도 실제와는 정반대로 묘사하고 야유 비하해 왔다. 그러나 남북정상회담 때 보여준 김정일 국방위원장과 북쪽 사람들의 모습은 그 동안 남쪽 사람들이 생각하고 있던 부정적인 모습과는 전혀 달랐다. 특히 김정일 위원장의 언행과 태도는 가히 충격적인 현상으로까지 받아들여졌다. 남쪽 언론의 보도가 그만큼 왜곡과 거짓 투성이로 일관해 왔음을 보여준 것이다.

　남북정상회담의 수행기자로 북쪽을 방문한 어떤 기자는 극진한 접대와 환대에 그들의 진심을 읽을 수 있었다면서 한민족으로서 뜨거운 동포애와 함께 깊은 감명을 받았다고 한다. 통일이란 무엇인가. 바로 이런 마음에서부터 출발하는 것이 아닌가. 비록 증오심과 적개심으로 반세기가 넘도록 서로를 배척해 왔지만 마음을 연다면 한순간에 화합할 수 있는 것이다.

　이제 언론은 북쪽에 대해서 정확히 말하고 시인들은 통일에 도움이 되는 시를 써야 한다. 특히 오늘과 같은 가슴 벅찬 시점에서는 마땅히 통일을 지향하는 시를 써야 하지 않겠는가. 통일과 민족공동체의 삶은 도외시한 채 사랑, 눈물, 섹스, 심리놀이를 아무리 써봤자 그게 무슨 의미가 있겠는가. 백해무익한 짧은 말놀음일 뿐이다.

　오늘 이 땅의 진정한 시인이라면 겨레와 역사의 요구에 걸맞는 통일지향적인 시들을 독자 앞에 내놓아야 할 것이다.

●맺는 말●

  여기 수록된 통일 명시들은 2000년대 초 기어코 통일을 이
룩하려는 우리 겨레의 삶에 빛이 되고 힘이 될 것이다.
  6·15 남북 두 지도자의 공동선언으로 남북관계는 전례없
이 화해 협력 통일의 길로 내닫고 있다. 참으로 분단 반세기
만의 역사적 대사건이요 대감격이 아닐 수 없다. 이런 시점
에서 통일시는 쏟아져 나와야 한다. 시인뿐 아니라 모든 독
자, 모든 신문사, 잡지사, 출판사 관계자들은 통일시, 통일문
학에 보다 많은 관심과 애정을 기울여 주기를 바라 마지않
는다.
  어려운 여건에도 책을 펴내주신 살림터 송영현 대표 이하
여러 벗들에게 깊은 사의를 표한다.

2000년 9월 15일
성남 분당 숯내가에서

그날의 아름다운 만남

처음 찍은날 · 2000년 10월 16일
처음 펴낸날 · 2000년 10월 20일
엮은이 · 이기형
펴낸이 · 송영현
펴낸곳 · 살림터
주소 · 121-820 서울시 마포구 망원1동 57-413 (1층)
전화 · 3141-6553 (대표)
전송 · 3141-6555
등록번호 · 제2-1008호 (1990년 5월 15일)

인쇄 · 신화인쇄공사
제본 · 성용제책사

값 8,000원

ⓒ 이기형, 2000

▶ 잘못된 책은 바꾸어 드립니다.
▶ 엮은이와 협의하여 인지를 붙이지 않습니다.
▶ ISBN 89-85321-68-4 (03810)